JN173085

靖国の宴《うたげ》

戦って散った男たちのおとぎ話

荒木和博

平成十七年、靖国の英霊のところに韓国からお客さんがやってきました。とは言っても爆弾モドキを持ってきて世間を騒がすような輩ではありません。彼もまたお国のために戦って散華した英霊です。時代も場所も違いますが、靖国を舞台に英霊たちの不思議な宴が繰り広げられます。そしてその宴にはさらに意外なお客さんがやってくるのでした。

この、戦って散った素晴らしい男たちのお話は昭和二十年から始まります。ページを開いて下さったあなた、少しの間その声に耳を傾けていただければ幸いです。

目次

プロローグ

昭和二十年（一九四五）三月二十七日早朝、七機の陸軍三式戦闘機「飛燕」が鹿児島県開聞飛行場から飛び立った。中村義三郎大尉率いる第二十三報国隊である。同日沖縄中城湾の敵艦隊に突入、全員壮烈なる戦死を遂げた。

第二十三報国隊が散華してからちょうど六十年経った平成十七年（二〇〇五）三月二十七日午前八時十分、北朝鮮海軍の哨戒艦「爆風」が韓国の西端、北朝鮮にほど近い白翎島の近海で南北の海上での実質的な境界線である北方限界線（ＮＬＬ）を越えた。これに対して韓国側は警戒していた高速艇の編隊（二隻）が進路を遮断し退去するように求めた。両者はともに西に進路をとり、「爆風」が高速艇編隊の斜め後ろを進む形となった。

午前八時五十五分、「爆風」が突然砲身を韓国側の編隊のうち後方にいた高速艇「海鷲」に向け射撃してきた。「海鷲」は第一撃で艦橋が破壊され崔《チェ》ジョンホ艇長（大尉）が重傷、副長他三名が重軽傷を負った。

「海鷲」はそれでも必死に応射し、最後には「爆風」の船腹に体当たりを試みたが先制攻撃を受けたのが致命傷で航行不能となり午前十一時二十分に沈没。崔ジョンホ艇長は戦闘中に出血多量で死亡、最終的に救助後死亡した二名を含め八名が戦死した。負傷者は十七名、「爆風」もその後他の艦との戦闘で航行不能になり、「海鷲」以上の死傷者が出たものと推測された。

話はこの十日後のことである。

ジョンホ

戦死

桜の花びらが舞った。それを見てジョンホは我に返った。

「ここは……どこなんだ？」


夜だ。しかし明るい。風が吹いている。空気は暖かかった。

周りは桜が満開だった。自分の立っているところから石を敷いた広い道が真っ直ぐ伸びていて、先の方に銅像のようなものが見えた。反対側にはビルが見える。いくつかの窓には光がついていた。

今までどうしていたのか記憶がない。

少なくとも前に来たことはない。どこかの公園だろうか。周りには誰もいなかった。ときどき車の通る音が聞こえる。広い道が近くにあるようだがここからは見えない。

それまで何があったのか思い出そうとしてみた。自分はここに来るまでどうしていたのだろう。

突然声が聞こえた。

「崔ジョンホ大尉、君は十日前、北朝鮮の船との戦闘で戦死した」

周りを見回したが姿は見えない。

「あんたは誰だ、何でそんなことを知っているんだ。戦死したなら何で俺はここにいるんだ」

「戦死したからこそ、ここにいるのさ」

「え？」

「ここは靖国神社だよ」

「ヤスクニ？」

ジョンホは聞き返した。

「あの日本の靖国神社か」

「そう、上を見てごらん」

ジョンホが見上げると、真上に昔テレビで見たことのある、靖国神社の大きな鳥居が見えた。

「何で俺が靖国神社なんかにいるんだ？　あんたは誰なんだ？」

声の主は大鳥居の影から現れた。日本の軍服を着ている。階級章は分からないが将校だろう。自分よりは小柄だが、がっしりした体つき。年は二十代前半くらいに見える。三三歳の自分より年下のはずだが、何かずっと年長者のように感じられた。不思議なのは自分は韓国語を話していて、男は日本語を話しているのに何の違和感もなく会話ができていることだ。

白川

「陸軍中尉白川貞源。出身は朝鮮咸鏡道咸興。もともとの名前はペク・ジョンウォン」

「……？」

狐につままれたような顔をしたジョンホに構うことなく白川と名乗った男は話しはじめた。

「今は平成十七年、西暦でいえば二〇〇五年四月六日。俺は、いや俺たちは十日前、北朝鮮の艦船との交戦で君が戦死したのを見ていたよ。最初の一撃で右腕を吹き飛ばされて大量出血していたのに、艇長として立派に指揮をとっていた。最後は敵艦に体当たりまでしようとした。

実は俺たちが戦死したのも六十年前の同じ三月二十七日なんだ。それで一緒に特攻で戦死した仲間に声をかけて『ちょっとこいつらを呼んでみないか』と言ったら皆賛成してくれたってわけだ。君たちが靖国に祀られるわけではないが、まあ今日はお客さんということだ」

そう聞いてジョンホは気付いた。そうだ。俺は韓国海軍の高速艇の艇長で、あの日西海（黄海）でNLLを越えてきた北韓の艦艇と交戦になったんだ。そうか、戦死してたんだ。

多少飲み込めたが、そうなったらなったでまた疑問がわいてきた。

「戦死したのに何でここにいられるんだ。俺は幽霊ってことか」

「そう。まあ言い方は色々あるが、戦死したんだから生身の人間でないことは間違いない。生きている連中には我々の姿は見えない」

「あんたは韓国人なのに日本軍にいたのか。本当に特攻隊で戦死したのか」

男は答えた。

「そう。昭和二十年、西暦で言えば一九四五年の三月二十七日、九州鹿児島から出撃して沖縄で敵の巡洋艦に体当たりした。もっとも、近くで被弾して相手のフネの手前で海に突っ込んだから撃沈とはいかなかったがな。多少は損害を与えたんじゃないか」

男は恥ずかしそうでもなく、また自慢げに話すのでもなく、淡々と自分の戦死の様子を話した。

この男は何だ。韓国人なのに。それこそ忌み嫌われてきた「親日派」の極致じゃないか。

ジョンホは白川の言葉に腹が立ってきた。

「韓国人が日本軍の軍服なんか着て恥ずかしくないのか。無理矢理行かされたんだろう。それでもせめて途中で故障したとか言って、近くの島に不時着するとかできたはずなのに。一九四五年三月ということは、あんたが死んでから五か月で日帝は滅亡したんじゃないか。もう少し待っていれば……」

白川は苦笑いをして軍帽をとり頭を掻いた。

「一本とられたな。それも一理ある。しかし、そんなら君に聞こう。君の戦った相手は同じ朝鮮人じゃないか。朝鮮人同士で戦うなんて、それこそ恥ずかしいと思わないか」

「しかし、北の奴らはわが領海を侵したのだから、軍人なら当然戦うべきだ」

「領海？」

白川は笑って言った。

「俺たちが生きていたときは海だろうが陸だろうが南北の境なぞなかったぞ。朝鮮は朝鮮、まあ日本の一部ではあったがな。

さっき言ったように俺は咸鏡道咸興の出身だ。今は朝鮮民主主義人民共和国とかいう長い名前なんだってな。俺たちのころは北と南で別れて戦争するなんて想像もしていなかった。兄貴が京城帝大にいたからよく京城にも遊びにいったよ。士官学校の同期には釜山出身のやつもいた」

「しかし……」

ジョンホが言いかけたが白川は構わずに話し続けた。

「まあ君の言いたいことは分かる。確かにな、俺も内地の人間と違うと思ってはいた。それは事実だ。特攻で死ぬことにも疑問が全くなかったわけじゃない。内地から朝鮮に来て威張っていたやつもいたしな。

でもなあ、士官学校の同期生も一緒に特攻で行った連中も、内地人だとか朝鮮人だとかなんてことには関係なく、皆素晴らしい奴らだったんだ。それに、逃げたら『やはり朝鮮人は……』って馬鹿にされる。それが嫌だった。まあ、そんなことを突き詰めてたらそもそも軍人なんかやってられんだろう」

ふと気付くと日本軍の軍服を着た人間、いや、自分も死んだんだから、彼らも自分も幽霊なんだろう。ともかく軍人がぞろぞろと集まっていた。

その一人が言った。

「白川、貴様また何を小難しいこと言っとるんだ」

眼鏡をかけた丸顔の人なつっこそうな男が声をかけた。白川と同年配くらいだが少し小柄だった。

「若いのが頑張ったから誉めてやろうって話だろうが。貴様はいつも説教臭くていかん」

「おう、そうだった。正木にはいつも怒られてばかりだ。すまんすまん。彼が艇長、崔ジョンホ大尉だ。こいつは同じ第二十三報国隊で行った正木中尉。東京の出身だ」

別の一人がジョンホに声をかけた。

「若いの、と言っても見てくれは俺たちの方が若いが、まあ生きていれば五十才ほど年上ではあるからな。ともかくよう頑張った。君の部下も皆来とるぞ」

彼の指さす方を見ると銅像の方から韓国海軍の制服を着た七人が歩いてきた。ジョンホの前で整列し、一番先任と思われる一人が「艇長殿に敬礼」と号令をかけると残り六人も韓国式に「ピルスンッ（必勝）！」と言いながら敬礼した。

ジョンホも敬礼しながら「ピルスンッ！」と応えた。交戦中のことが蘇ってくる。「お前たち、あのとき良く頑張ったな。ありがとう。皆戦死させてしまったんだ。すまん」

操舵長の姜インギュが言った。

「艇長殿、とんでもありません。私は艇長殿と共に戦えて幸せでありました。残した妻のことが気がかりですが、早く良い亭主を見つけて幸せに暮らせるよう、見守ってやるつもりであります」

正木が手招きをした。

「さあさあ、堅いこと言ってないで一杯やろう。ここは日本酒ばかりで朝鮮の酒はないが勘弁してくれ。乾杯乾杯。隊長殿、一つ乾杯の音頭をお願いします」

少し年上に見える大尉の階級章を着けた男が前に出た。

「おう。それでは乾杯といくか。みんな、八人のお客さんに注いでやってくれ」

一升瓶の酒が茶碗に注がれる。隊長と呼ばれた男は姿勢を正して杯を掲げた。

「それでは戦死を祝って……。というわけにはいかないな」

皆がどっと湧いた。

「第二十三報国隊の隊長、中村だ。白川の後輩諸君、来てくれてありがとう。ともかく国のために最後まで戦った諸君の健闘に乾杯だ。ご苦労さん。乾杯！」

「乾杯！」

ジョンホはまだ何が何だかよく分からなかった。少しずつ自分が戦死したときの状況、そしてそれから十日間のことが霧が晴れるように脳裏に浮かんできているのだが、それでもまだ、自分が本当に死んだのかすら半信半疑であった。

ムヨル

日本陸軍と韓国海軍の不思議な酒宴がしばらく続き、皆がうちとけてきた頃、正木が中村のところに駆け寄ってささやいた。中村がニヤリと笑ってジョンホに声をかけた。

「崔大尉、実は別のお客さんも呼んでいたんだが今着いたそうだ。一緒に入ってもらって良いかな」

「はい。もちろんです、しかしどんな人なんですか」

「君たちとは色々因縁がある連中だ。ほら、もう後ろに来ているよ」

振り返ってジョンホはぎょっとした。北朝鮮の軍服を着た軍人が十人余りいる。一番前の男は少佐の肩章を着けていた」

「まさか……」

ジョンホが聞くと中村はゆっくりとうなずいた。

「そう。君たちと交戦した北朝鮮海軍の哨戒艦『爆風』の戦死者の諸君だ。まあ彼らも国のために死んだんだ。ここでは皆一緒、最近の言葉で言えば『ノーサイド』とか言うのかな。まあ恨みっこなしで一杯やろうというわけだ」

少佐の肩章を着けた男が一歩前に出て敬礼した。「朝鮮人民軍海軍少佐、『爆風』艦長韓ムヨル」

言葉が少し震えている。ジョンホより少し小柄だが精悍な顔つきだ。

「大韓民国海軍大尉、『海鷲』艇長崔ジョンホ」

ジョンホも敬礼し緊張して答えた。そのまま二人とも動かなかった。どうすれば良いか分からなかったという方が正しかったかも知れない。


その緊張を破るかのように白川がおどけた声で言った。

「おい、どうする。もう一回ドンパチやるか、それとも一杯やるか」

周りがドッと沸いた。

ジョンホが苦笑いをして手を下ろした。

「まあ、一杯の方がいいかな」

ムヨルも敬礼した手で頭を掻きながら笑った。

「そうだな。あれをもう一回やるのはごめんだ」

「そうこなくっちゃ」正木がとっさに合いの手を入れた。

「おい、皆こっちに来いよ。今日は酒がいくらでもあるんだ。飲んでも海に落ちる心配もないしな。まあ落ちて死ぬ心配もないが」

「海鷲」の乗組員も「爆風」の乗組員も大笑いして車座になった。不思議なものだ。あのときはお互い必死に撃ち合った。隣りにいた仲間が吹き飛ばされたときは「この野郎」と思って撃ちまくったのに、今は憎しみも悔しさも感じない。これが死んだということなのか。

しばらくして中村が白川に声をかけた。

「おい、白川。こんなに後輩が集まったのだから、先輩として何かやらんといかんな。どうだあの十八番は」

白川は照れて首を振った。

「いや、自分は歌は苦手で……」

「何言っとる。朝鮮出身で歌の下手な人間など見たことがないぞ。貴様の歌、出撃の前の晩に初めて聞いたが上手かったじゃないか。せっかくの場だ。ご披露しろよ」

皆が拍手喝采するなか、白川は頭を掻きながら前に出てきた。

「それでは不肖白川貞源、故郷の歌を歌います。

アーリラン
アーリラン
アーラーリーヨー
アーリラン峠を
越えていく……」

朝鮮半島の代表的民謡、アリラン。それはそれは哀調を帯びた素晴らしい声だった。皆聞き惚れていたが、そのうち「爆風」と「海鷲」の乗組員も皆歌っていた。泣きながら。

しかし悲しいというのでもなく、嬉しいというのでもなく、不思議な感覚だった。

アリランが終わるやいなや、さっきジョンホに敬礼した「海鷲」の操舵長、姜インギュが立ち上がって歌い始めた。童謡らしかった。

「私の住んだ故郷は花咲く山の村
桃の花　杏の花　赤ちゃんつつじ
色とりどりの花の宮殿を成すところ
そこで暮らした日が懐かしいのです」

「海鷲」の乗組員が皆で歌うと「爆風」の乗組員も一緒に歌った。白川も歌っていた。朝鮮語で歌っているがここでは皆に意味が分かる。

正木が聞いた。

「白川、何かジーンとくる歌だなあ。アリランは前に聞いたことがあったがこれは初めてだ」

「我々も子供のころ歌ったよ。『故郷の春』という歌だ。分断されていても今も歌っているというのはちょっと嬉しいな」

ムヨルが言った。

「北では学校で教えるのはほとんど革命歌ですが、この歌は皆知っています。懐かしい……」

南北の兵士は歌で垣根が取り払われたようだった。みな話がはずみ、急に賑やかになった。

お前はどうするんだ?

先制攻撃

ジョンホはムヨルと隣りになって酒を酌み交わした。自分より少し年上のようだが、誠実そうな男だった。

「それにしてもあの攻撃は凄かった。戦車の85ミリ砲を軍艦に載せるなんて、ちょっとわれわれでは想像もできない」

「そう言われると恥ずかしいな。われわれも怖かったんだ。南の軍艦の方が武器の性能は良いしな。あのときは絶対に先制攻撃してこないと聞いていたからできたのさ」

「先制攻撃しないって？　そう聞いてたのか」

「そう。あのときのそっちの大統領、南北関係が一番の看板だったろう。絶対に強硬策をとることはできなかったからな。周りにいたこっちのスパイから情報が全部上の方に入ってた。もちろん弱みも握っていた。本当かどうか知らんが上官は閣僚クラスや軍の高官、大統領秘書官にもスパイがいると言っていた。それに三年前の交戦のときはこっちがやられっぱなしだったから、上から艦隊にどうしても仕返ししろと言われてたんだ。

軍艦に戦車砲を据え付けるなんて、頭が良いのか悪いのか。ともかく自分はどうなっても相手をやっつけろということさ。かといって成功したところで混乱に乗じて全軍突撃というわけでもない。だから結局は俺たちが死ぬだけのことで、何か変わるってもんでもないんだが……」

ジョンホはため息が出た。もし警告射撃でもできていたら、逆にこいつは撃ってこなかったかもしれない。そうすれば戦闘にもならずお互い生き残っていたかもしれない。上の方で決めたことで犠牲になるのは結局現場の人間か……。

「しかし、先制攻撃はこちらだったが、君たちも凄かった」

ムヨルがため息をついて言った。

「ずっと聞かされてきたんだ。『南朝鮮傀儡の軍隊など米帝の傭兵に過ぎない。われわれが一発撃てば恐れをなして何もできなくなる』と。しかし君たちは猛烈に応戦してきた。最後はこっちに突っ込んできた。火力は明らかにこちらの方が優勢だったのだが見ての通り戦死者はこちらの方がはるかに多いよ。大したものだ。

ところで崔大尉、君はどこの出身なんだ」

「忠清北道忠州、静かな、良いところだ。内陸で海はないのに海軍にきてしまったが。君はどこなんだ」

「咸興。さっきの白川大尉と同じだ。しかし祖父は慶尚北道安東の出身だ」

「越北者なのか?」

「そう。解放後南労党（南朝鮮労働党）に入党し、朝鮮戦争のとき南下してきた人民軍に入って戦った。解放の前後は大田で中学の教師をしていた。しかし北に来てみたら南出身ということで半分スパイみたいに見られたそうだ。

祖父が師範学校で教わった玄俊赫先生は素晴らしい人格者だったそうで、そんな人がリーダーをやれば良かったんだろうが、解放後間もなく亡くなった。殺されたのではないかとも言われているが、朴憲永をはじめ南労党系の主立った人間は早い内に皆粛清されてしまったし、父も苦労していた。俺もそれは子供のときから感じた。何かあると『宗派のガキ』とか言われていじめられたよ。出身成分、生まれついての階級だな。成分は死ぬまで、いや代を継いでつきまとうから。

だから俺は一所懸命勉強したんだ。誰よりも。人の嫌がることも率先してやった。首領様にも指導者同志にも忠誠を尽くした。それで人民軍にも入ることができたんだ。そうしなければ『やっぱりあいつは南の人間だ』と言われるから」

「苦労したんだな」

「俺みたいに出身成分の悪くてコネもない人間で艦長までやったのはいないだろうな。だから今回の作戦も真っ先に志願した。他の連中はフネの調子が悪いとか、何だかんだ理屈をつけて逃げたんだが……。

部下たち、一緒に来たあの連中も同じ様なもんさ。そんな人間から先に死んでいく。上からすれば成分の悪いのが死ぬんだから何ということもない。まあ、偉くなった揚げ句銃殺されるよりましかも知れんが」

反革命

「銃殺、って本当に見たことあるのか?」

ジョンホが驚いて聞いた。ムヨルは意外そうな顔をしてジョンホを見ていたが、しばらくして苦笑いしながら言った。

「赤ん坊でもない限り、北朝鮮で銃殺を見たことのない人間なんかいるはずがないじゃないか。街中でやるときは、そのあたりの住民は皆動員されるんだし」

「行かなかったら?」

「そんなことできるわけないだろう。『生活総和』って分かるか。毎週やる反省会みたいなもんだ。他人の間違いを指摘する、面倒な儀式だよ。銃殺の動員が掛けられて行かなかったら生活総和のときに格好の材料になる。もちろん記録が残るから何かのときに難癖付けられる。

銃殺は子供のときにも見たが、軍に行ってからも何度も見たよ。別の部隊の部隊長が反革命の容疑で銃殺されたこともあった。話をしたことはなかったが、その人の噂は聞いていた。見るからに厳しそうな、軍人の中の軍人といった顔つきの人だった。その部隊にいた同期の話ではとても正義感が強くて部下にも気を遣ってくれたそうだ。俺の部隊の部隊長は上ばっかり見ていたから、あんな人の下に行きたいと思ってたなあ。

恥ずかしい話だが、『栄光の朝鮮人民軍』とはいっても栄養失調の兵隊がたくさんいるんだ。どうしようもなくなって除隊するのもいる。家に戻っても間もなく死んでしまったり廃人になるのも少なくないようだが。

それでも上からは容赦なく命令が来る。それも訓練とか実戦ではなくて養老院を建てろとか土木工事をしろというような話だ。ろくに食うものもない状態で、暑かろうが寒かろうが働かせるから倒れる連中も多いし、事故も日常茶飯事だ。一般の社会が機能していないから何かと言えば人民軍にしわ寄せが来るんだな。

その部隊長はあるとき、食料が届かないのは上で市場に横流ししているためだからと気付いた。それで上級司令部に具申しようとしたのだが逆にでっち上げで罪を被せられ反革命、宗派分子にさせられたのさ。まあ皆横流しはやってるから、臭いものには蓋ということだな。

処刑のときは各部隊ほとんど全員動員だ。運動場の一角に丸太が立てられ、その前に並ばされるんだ。寒い日だったなあ。立っているのも辛かった。丸太の横に机が置いてあって、そこに軍官（将校）が座り、部下らしきのが十人くらい小銃を持って立っていた。

そのうちトラックがやってきて、部隊長が引きずりおろされた。体格の良い人だったのだが、別人のようにやせ細って衰えていたなあ。どれだけ拷問したらこんなになるんだろうかと思ったよ。銃殺しなくても放置しておけば死んでしまっただろう。要は俺たちへの見せしめということだ。

部隊長は丸太に縛り付けられ口の中に砂利を詰め込まれた。処刑間際に余計なことをしゃべるといけないからだ。座っていた軍官が立ち上がり、罪状、といってもありもしない話なんだが『首領様、指導者同志の名誉を毀損し……』とか並べ立てて死刑を宣告した。

俺は前の方にいたんだが、目隠しをされるときになぜか目が合った。いや、向こうはこっちのことは知らないんだし、おそらくそんな気がしただけだろう。でも、どきりとしたんだ。『お前はどうするんだ?』と聞かれたような気がして」

「『どうするんだ』って……」

「自分でも意味が分からない。でもそう聞かれたような気がした。すぐに目隠しされてしまったからほんの一瞬のことだった。

処刑は三人でやる。一人が頭、一人が胸、一人が腰を、それぞれ三発ずつ撃つ。脳味噌が飛び出して……あっという間だ。終わったらまたトラックに乗せてどこかに行ってしまう。それでおしまい。何と言うことはない。また皆普通の生活に戻る。それだけのことだ」


北朝鮮の幹部の粛清についてはジョンホも韓国軍の精神教育で度々聞かされていた。「出身成分」で厳しい差別が行われることや政治犯収容所などの人権侵害も。ジョンホ自身も部下にそんな話をしたりもした。しかし軍の中の反共教育だからバイアスがかかっているのだろうと思って、割り引いていたのだが、それが本当だった、いや、教わった話よりひどかったと気付いたのが戦死してからだったとは……。

ムヨルはまた、意外そうな顔をして続けた。

「南の軍官なのにこっちのことを知らないんだな。じゃあもう一つ話してやろうか。父の親友の話だ。

歌のおじさん

「実家の近所に、父の子供の頃からの友達がいた。俺もずいぶん可愛がってもらった。子供もわれわれ兄弟とほぼ同じ歳でいつも遊んでいた。

その人は歌が好きだった。家に行くとたくさん歌を聴かせてくれたので子供たちがいつも集まってきた。『歌のおじさん』と言われていたよ。俺もその人と一緒に歌を歌うのが大好きだった。でもそれが仇になったんだ。外国の歌を歌っていたということで収容所に送られてしまった。

別にアメリカや南の歌を歌ったわけじゃない。ロシアの民謡だった。しかし、さっきの話の部隊長と似たようなもんだ。職場で上から賄賂を要求されて断ったので恨まれて、保衛部に通報されたのさ。踏み込まれたのが運悪く真夜中に、布団の中で外国の短波放送を聞いていたときだった。いきなりやってきたのでラジオを隠している暇もなかった。翌朝、父が話を聞いて駆けつけたら家の中には何も残っていなかった。家族丸ごと山送りになったのかと思ったんだが、それは本人だけだったようだ。奥さんは強制的に離婚させられて子供たちと一緒に炭鉱に送られたと聞いた。

『山』というのは分かるよな。北では管理所、南では収容所と言われているところだ。それこそ山の中の広大な地域を鉄条網で囲って、中で強制労働させる。大部分は死ぬか、虐待で殺される。死んでもそこに穴を掘って埋めるだけ。墓すらない。

一度だけだが中に入ったことがあるよ。将軍様がもっと軍に食料を回せと言われたので管理所で作った穀物をもらい受けることができたんだ。しかし、何と言ったらいいんだろう。言葉で説明のできるところではなかった。そこにいた囚人たちは人間に思えなかった。ボロを身にまといガリガリに痩せて腰は曲がって、男か女かもよく分からなかった。それに比べると血色の良い警備兵が、おそらく政治犯より遥かに若いんだろうが、殴ったり蹴ったり、動物のように扱っていた。何か、そんな様子を見たこと自体が罪のように思えたな。

もちろん、ここで見たことは一切他言してはならないと、出る前に念を押された。言うまでもなく、外で話せば誰に通報されるか分からない。そうなったら自分があの政治犯になるわけだ。とても話せなかったんだが、不思議なもんだな。どういう風に伝わるのか、皆知っているんだ。まあ知らせなければ山送りの恐怖で統制することもできないんだろうが。

持ってきた穀物は良くできていたよ。共同農場で作ったものとは段違いだ。そりゃあああれだけ虐待されれば必死に、文字通り死ぬまで働くだろう。これが『この世にうらやむものはない』というわが共和国の実態さ。

ところでさっきの父の親友の話だが、まだ後日談がある。実はその人は管理所から出られたんだ。ほとんど奇跡のような話だが、密告した人間が別のことで粛清されて、そのおかげで逆に名誉回復になったのさ。二年程してからの話だ。戻って来たときは式典みたいなことがあって、たまたま帰省していた俺たちまで動員された。『親愛なる指導者同志の暖かいご配慮により名誉が回復された』とか言っていたが、そこに現れたのは廃人だった。そう言われなければ、あのおじさんだとは誰も思わなかったろう。何を言われても反応がなく、目は虚ろでずっとぶつぶつぶやいていた。片足が事故か拷問か分からないが曲がっていた。

歌を歌っていた。とは言えぶつぶつつぶやいているだけだったが。『あなたがいなければ祖国もない』という、指導者同志を讃える歌だ。『人民は信ずる　金正日同志　あなたがいなければ　われわれもなく　あなたがいなければ　祖国もない……』父は号泣したよ。でももちろん怒りをぶつけることなどできるはずはない。『親愛なる指導者同志、ありがとうございます』と振り絞るように言いながらそのおじさんを抱きしめていた。握り拳が震えていた。しかし、もう何の反応もなかった。あらぬ方を見つめて『あなたがいなければ……』と歌っていたよ。

帰ってきて三日目だったかな。明け方頃、大きな声で歌を歌うのが聞こえてきた。ロシア民謡だったと思う。後で聞いたら、その歌が終わったと同時に絶命したんだそうだ」

ジョンホには返す言葉がなかった。ムヨルは淡々と話を続けた。

「祖父は戦争のとき、釜山に避難していく親友に『一緒に行こう』と泣いて説得されたそうだ。『あのとき釜山に行っていれば……』、と聞いたのは最後に会ったときだ。それまでは首領様に忠誠を尽くし続けた。模範のような人だったんだが、本当はずっと後悔していたんだな。弱っていて余命いくばくもない状態だった。もう孫と会うのも最後だと思ったんだろう。そのとき初めて本心を聞いたんだ。こっちも軍隊にいれば滅多に帰れなかったし、実際臨終のときには立ち会えなかったから」

「もし、君のお祖父さんが避難していたら、君と戦うこともなかったということだな」

と言ってジョンホはさっきの白川の言葉を思い出した。分断されていなければもちろん戦うことはなかった。ということは日本の時代が続いていればということなのだが……。

「いや、これが運命だったんだ」

ジョンホは一人で首を振ってつぶやいた。ムヨルは石畳に落ちた花びらを見つめていた。

ミギョン

目の前にはいつしか山海の珍味が積まれていた。しかしムヨルは手を付けられなかった。あのときのことがふと思い出されたからだ。

一九九七年暮れだったか。寒い日だった。

ムヨルは南浦の西海艦隊司令部から中国国境に近い江界の軍需工場に機材の受領のためトラックで向かっていた。

当時は「苦難の行軍」の時期、食糧事情が最悪のときだった。道中あちこちに死体が転がっている。餓死して凍り付いた死体だった。年寄りもいれば子供もいた。歩行者たちは皆見向きもしなかった。生きている人間も自分がまもなくその仲間入りをするとでも思っていたのかもしれない。

何体かは近親者と思われる数人が大八車で運んでいた。死体らしきものをいくつも無造作に積んだトラックともすれ違った。おそらく行き倒れの人間の死体をまとめて片付けているのだろう。荷台に座っていたのは二十歳位に見えたから、学校に死体片付けの動員割り当てでもきたのかも知れない。皆無表情だった。

「この国は何でこんなことになってしまったんだ」

口に出しかかって慌てて言葉を呑み込んだ。横にいるのは部下なのだが、それでもいつ通報されるかも分からない。おそらく部下たちも同じことを思っているのだろうが。

北朝鮮の北部の冬は厳しい。土も凍るから墓穴を掘るのも大変だろう。掘っている方が倒れるのではないか、まあその方が面倒がないか、などと一人悪い冗談を考えながら江界に付いた。車が故障したり、橋が壊れていたりで時間がかかり、南浦を出てから三日目になっていた。

軍需工場の街で、前に来たときは、そこそこ活気のあった江界が死んだようになっていた。街中にはコッチェビと言われる浮浪児が歩き回っていた。工場に行って用件を話すと二時間待たされた。命令は届いていたが工場がほとんど稼働していないのだから機材も手に入らない。待たされたあげく、明日まで待ってくれと言われてしまった。何とか持って帰らないわけにいかないので、いやだとも言えなかった。

トラックは路上に置いておけば何から何まで盗まれてしまうから、工場の敷地の中に入れた。工場の中も安心はできないから部下を交代で立哨《りっしょう》させた。あとは明日までやることもない。外を歩いても気が滅入るだけだろうとは思ったが、じっとしていることもできずムヨルは外に出た。

市内を流れる将子江の河畔まで来たとき、土手にしゃがんでいた女の子と目が合った。人民学校（小学校）に通っている姉の娘と同じ歳くらいだった。顔色が悪いのか汚れでそう見えるのかは分からなかったが、飢えていることは間違いなかった。洗っていないからというより栄養失調のせいだろう。髪はぱさぱさだった。

何かしてやりたいとは思ったが、やるものがなかった。自分ですら食料はかつかつなのだ。それでも、とりあえずポケットに入れていた飴を取り出してその子に渡した。女の子は目を輝かして「人民軍のおじちゃん、ありがとうございます」と言った。

ムヨルはしゃがんでその子に話しかけた。

「お父さんとお母さんはいないのかい」

「お父さんは出かけたまま帰ってこない。お母さんは家にいます。でも私は帰れないの」

なんてことだ。寒い真冬にこんな小さな娘を放り出すとは。

コッチェビはそこら中にいたから一人を助けたところでどうしようもないのだが、ムヨルには放っておくことができなかった。どうせ明日まで何もすることがないのだ。

「ちょっとお母さんのところに連れていきなさい」

帰れないと言ったのにその子はいやがるでもなくムヨルを家に連れて行った。

少女の名前はミギョンと言った。歳は十才だから姪より一つ上か。

「おじちゃん、なんて言うの？」

「ムヨル、韓ムヨルだ」

「お父ちゃんと同じだ。お父ちゃんもムヨルっていうの」

ボクスン

たわいのない話をしながらムヨルとミギョンは三十分程歩いた。それにしてもこんな子供を家から追い出すなんて、いくら食糧難でもひどい親だ、自分の命がそんなに大事なのか……。歩きながらムヨルは次第に怒りが高まっていった。

しばらく坂を上がったところにミギョンの家があった。扉には一応鍵がしてあったが身体をぶつけると簡単に開いた。

中に入るなりムヨルは怒りにまかせて大声を出した。

「おい、自分の娘を放り出すとは何事だ。あんたそれでも親……」

言葉が続かなかった。暗い部屋の中、目が少し慣れるとそこには骸骨が横たわっていた。いや、生きていたのだが、もう枕元に死に神がはべっているような、そんな状態だったのだ。ただ、目だけがぎょろっとこちらを見たのは分かった。

寝ていたのは母親だった。

「し、失礼しました。お身体が悪いのですね。大丈夫ですか」

ムヨルが敬礼して謝ると振り絞るような声がかすかに聞こえた。

「ミギョンを……、娘をお願いします」

途切れ途切れにミギョンの母親、李《リ》ボクスンが話した内容をまとめるとこんなことだった。

もともとこの家は比較的裕福な暮らしをしていた。父親は軍需工場の技師で、配給も比較的きちんと受けることができた。息子と、この娘と四人で暮らしており、それなりに幸せな一家だった。

生活が激変したのは九〇年代半ばからだった。本来、軍需工場の労働者には優先されていたはずの配給が遅配、ついには欠配になり、食料が底を突いた。職場に行っても工場が稼働しておらず、何もすることがなかった。原料も入ってこないし電気も途切れがちでは稼働させせようがなかったのだ。皆背に腹は代えられず、職場の電線や機械を持ち出しては売り払って生活費にしていた。

真面目だった夫は最後までそれをしなかったが、どうしようもなくなって電線を持って列車に乗った。平安道の方に行けばまだ比較的ましな状況だから食料と換えてくるということだった。

「すぐ帰ってくるからな」

それが最後の言葉だった。いつまで待っても夫は帰ってこなかった。未だに消息すら分からない。

江界に来る途中見てきた、おびただしい死体をムヨルは思い出した。

ともかくこのままでは死んでしまう。家族三人で山に入り食べられそうな草は皆採ってきた。家の中の売れるものは皆売り払った。それでももちろん足りなかったがともかく生きていかなければならなかった。

しかし、ある日、崖に生えていたキノコをとろうとして息子が転落した。必死に下りていったが辿り着いたときにはもう絶命していた。

夫と息子を失ってボクスンは病に伏した。飢餓で動けないのか、病気なのか自分でもよくわからなかったが、もう立ち上がることも難しくなった。

ミギョンは動けない母のために一所懸命に草を採ってきた。煮て食べさせてくれたが、それが十才の娘にとって大変な負担であることは明らかだった。

ある朝ボクスンは決心をした。

「このままでいたらこの子も死んでしまう。どうせ自分は助からないのだから……」

枕元に娘を座らせて言った。

「ミギョンや。お母さんはあんたのような娘は大嫌いだ。これまで何も言わなかったけれど、もう一緒にいたくないの。二度と家に帰ってきてはなりません。絶対に家には入れませんから、乞食でも泥棒でも何でもして自分で生きていきなさい」

娘は泣き叫んだ。

「いやだ。一緒にいる。もっとたくさん草を採ってくるからお母ちゃんと一緒にいさせて」

母親は娘を平手打ちにした。そして家の外に放り出して鍵をかけた。動けない自分にそんな力が残っていたのが不思議だった。鍵をかける前に家の中にあった自分の着物を放り出した。

「これだけはやるからね。二度と戻ってくるんじゃないよ」

外からは扉を叩く娘の泣き声が聞こえてくる。母親はその扉に寄りかかっていた。

「地獄ってこんなところなのかしら」

門の外の絶叫がやがてすすり泣きに変わり、外が暗くなるころには聞こえなくなった。諦めてどこかに行ったらしい。ボクスンは扉に寄りかかったまま眠ってしまった。

朝、目が開いたボクスンは恐る恐る扉を開けてみた。娘がそこにいて欲しくないという思いと、いて欲しいという思いが交錯した。

そこに娘はいなかった。そのかわり夜のうちに一所懸命に集めてきたのだろう、草が置かれていた。

「ごめんね。ごめんね」

今度は母親が慟哭した。

母親が最後に子供にかけられる愛情が家を追い出すことだった……。その現実にムヨルは愕然としていた。その横をミギョンがすり抜けて母親にしがみついた。

「お母ちゃん、お母ちゃん」

母親の目から涙が溢れた。もうひと言、振り絞るように「軍人さん、ありがとうございました」

　と言って目は閉じられた。

「お母ちゃん、死んじゃいやだ。もっと草採ってくるから。ねえ、お母ちゃん……」

　ムヨルは何とも言い様のない怒りと情けなさで言葉も出なかった。

「何が人民軍だ。人民がこんなにして死んでいって、俺たちは何を守っているんだ。『革命の首脳部を死守せよ』と言ったって、こんなことで首脳部を守れるっていうのか」

　いつの間にか周りの人間は黙り込んでいた。沈黙が続き、我慢できなくなったように白川が口をはさんだ。

「咸興もひどかったんだろうな」

「咸興も清津も、咸鏡道は一番ひどかったようです。もともと差別されていましたしね。第六軍団のクーデター未遂事件とかあったので、懲罰的に飢餓状態を作ったようなところもありましたが、それでもまあ、どこに行っても大差ありませんでした」

「昔の咸興はきれいな街だった。ちょっと南に行った興南にはもの凄い工場があってな。もう見る影もないいってことか」

「いえ、逆ですよ。日本の時代のものは残ってるんです。鉄道も、橋も。『日本のものなら犬の糞でも良い』という言葉がある程です」

白川は複雑な心境だった。また皆ふさぎ込んでしまった。今度は中村が声をかけた。

「韓君、それでその女の子はどうなったんだ」

「母親の遺体のことは隣の家に頼んだのですが、その子は自分から離れようとしないのです。かといって南浦に連れて帰るわけにもいかず、工場の支配人が同じ咸興出身の知人だったので何とか少し食料を分けてもらって渡すのが精一杯でした。生きていればもう十八くらいになっているでしょうが」

葛藤

清子

「きっと元気にしているよ」と皆が口々に言った。

ムヨルは「そうですね」と微笑んだ。

「湿っぽくなってばかりじゃいかんな。ちょっと色気を入れよう」

中村が笑いながら九段坂の方を指さした。

「白川、お客さんが来とるぞ」

「はあ、誰でしょうか」

と言ってその方向を見た白川は眼を丸くした。やってきたのは開聞高女の生徒で出撃前第二十三報国隊の身の回りの世話をしてくれた清子だった。

「清子さん、何でこんなところに」

「白川さん、『戦争が終わったら朝鮮に連れて行ってあげる。田舎だけど静かで良いところだよ』と言ってくれたでしょう。でも白川さんは特攻で行ってしまった。私はあの次の日に勤労奉仕で荷物を三角兵舎に運んでいたとき空襲があって、機銃掃射で死んでしまいました。まあ、戦死みたいなものだから、それで呼んでもらえたの」

清子は名前の通り清々しい娘だった。こんな子が機銃掃射の餌食になったのかと思うと白川はいたたまれなかった。

「助けてあげることもできなくてごめん。君たちを守るために死んだはずなのに……」

「いいの。こうやって白川さんに会えたんだから」

「よっ、ご両人」

「色男！」

周りがはやし立てた。確かに白川は体格も立派だし、なかなかの二枚目である。清子はうつむいて顔を赤くした。

「白川さんが出撃した日、私は一日中泣いてたわ。沖縄まで何時間もかかったんでしょう。飛び立ったのを見送ってから、『今どこを飛んでいるんだろう、まだご無事だろうか』って、ずっと思っていました。本当にご苦労様でした」

白川の脳裏を走馬燈のように思いがよぎった。

自分の出撃命令はあの日が二度目だった。最初は出撃直前に荒天で中止になった。あのときの虚脱感は経験した者でなければ分からないだろう。人間誰でも生きていたい。その思いを色々理屈をつけて心の中に押し込んで、しかし自分の死がきっと家族を、故郷である朝鮮を、そしてその朝鮮も含めた日本を守ると信じて覚悟を決めたのだ。

その目標が、一瞬とはいえ失われたときの気持ちは何とも言い様のないものだった。これでもう特攻がないということなら虚脱感はあっても気持ちは一段落しただろう。しかし、どうせまた出撃することにはなる。先に死んでいった仲間への申し訳ない気持ちや、「死に損ない」と揶揄され蔑まれるのではないかという後ろめたい思いがあり、しかしその一方で心の中に「ひょっとしたら生きられるかもしれない」という思いが芽生えたのも事実だ。死と生のせめぎ合いの中で、放っておいたら頭がおかしくなりそうだった。何もかもが面倒で、早く出撃命令が来て欲しいと思った。しかし、運命はそんな自分の気持ちなど斟酌するはずもない。

悶々としているうちに二回目の出撃命令が下った。「やっと来たか」とほっとしたが、それでもやはり煩悶はした。さっき正木にからかわれたように「生きるとは何か、死とは何か」などと考え続けた。自分が死んで何が変わるんだろう。そもそも朝鮮人の自分が特攻で死ぬ意義があるのか……。そんな思いもあった。

一方で、今俺が行かなかったら誰が行くんだとも考えた。身の回りの世話をしてくれた清子たち女学生を見ていると、自分たちが死ぬことで少しでも有利な形で戦争が終わってくれれば命など惜しくないとも考えた。寝床に入ってもそんなこんなで堂々巡りを繰り返しながら、いつの間にか眠っていた。

しかし不思議なもので、出撃の前にはあれだけ悩んだ思いがいつの間にか台風の後の空のように吹き飛んでいた。飛行場に立ったときは皆晴れ晴れとしていた。「こいつら良い顔をしてるなあ」と思った。「おそらく俺もこんな良い顔をしてるんだろうな」と思って一人で笑っていたら正木から「昨日とえらい違いだな。沖縄に彼女でもいるんか」とからかわれた。

中村の指揮の下、三式戦「飛燕」七機の第二十三報国隊は直掩機《ちょくえんき》と共に次々と離陸、空中で隊形を整え、開聞岳に別れを告げて沖縄を目指していった。

白川を送って泣きはらした清子も、翌日には次の部隊の世話のために出ていかなければならなかった。そこに襲いかかってきたのが三機のムスタングだった。運悪く畑の中を行進していた女学生の一団は身を隠す場所もなく、機銃掃射にさらされた。

昭和二十年三月、送られた側も、送った側も、桜とともに散っていった。

光恵

皆黙黙と酒を飲んでいた。

「ちょっと聞いて下さい」

飛行服に身を包んだ長身の男が口を開いた。

「自分の妹のことです。清子さんを見てどうしても話したくなりました」

男は柳田軍曹と言った。同じ第二十三報国隊で出撃し、駆逐艦に突入直前対空砲火で撃墜され戦死した。

「妹は光恵と言って三つ下で可愛いやつでした。泣き虫で、よく学校でからかわれて泣いて家に帰ってきました。自分は何度もからかったやつを張り倒しに行きました。特攻に志願するときも『光恵を守れるなら』と思ったのです。

自分が死んだのが役に立ったかどうかは分かりませんが、ともかく光恵は無事に終戦を迎えました。親父お袋にすれば自分が死んで一人残された娘ですから、大事に育てて、自分の中学の後輩と結婚しました。やがて男の子と女の子が生まれ、幸せな家庭を作ることができました。

ところが今から一五年前くらいだったか、突然人さらいにあって光恵の娘、つまり自分の姪になるのですが、弓子という娘がいなくなったのです。

看護婦でした。事前に身辺のことを調べられ、勤務先の病院の中でも監視されていて、仕事を終えて帰宅する途中、待ち伏せさせられました。道を聞かれて答えているすきに、後ろから羽交い締めにされ、当て身を食らわされて車に押し込まれたのです。弓子はそのまま富山と新潟の境まで車に乗せられて、海岸の崖の下のアジトのようなところに監禁され、三日後に工作船で朝鮮の清津に送られました。

弓子のカバンは山形の海岸で見つかりました。連れて行った奴と別の男がわざとそこに置いたのです。光恵も旦那も、何もない海岸を必死になって探していました。『そこは違う！』と何度も叫びましたが、私の声は届かない。カバンの中に血の付いたナイフがあったから、警察には自殺しようとして死にきれず、海に飛び込んだのだろうということにされてしまいました。もちろんそれも偽装なんですが」

ムヨルが目を伏せながら言った。

「我が国の人間がやったのですか」

柳田は手を振った。

「いや、金少佐、勘違いしないでください。あなたを責めているんじゃない。そりゃ、やった連中を許すわけではありませんが、彼らだって国のためと思ってやったんでしょう。おそらく命がけだったはずです。自分が死んだとしても、仕事をしっかりやれば残された家族の暮らしが保障される。国の意思で、命令されてやったなら個人の犯罪ではない。それが犯罪ならここにいる連中は皆殺人犯みたいなものですから。もちろん今でも日本にいるなら捕まえるべきでしょうが。

自分が言いたいのはその後のことです。

光恵は半狂乱になって弓子を探しました。山形の海岸には家族の誰も行ったことがなかったし、そもそも自殺するような理由は何もありませんでした。だから弓子がそこで自殺するはずはないのですが、カバンが出てきたのでどうしてもそこに引きつけられるのですね。それを否定すると弓子が遠ざかるように思ったのでしょう。

生きているか死んだのか分からない、何でいなくなったのか分からないというのは辛いなんていうもんじゃない。自分のように死んでしまえば葬式を出して気持ちの整理はつけられる。やがてこっちに来れば会えますしね。

死んだとは思いたくない。しかし生きていると思えば思ったで、今度は何か悩みがあって家出したんじゃないかと思うようになるんです。

『自分が悪かった。もっと色々話をしておけばよかった。あの日も風邪気味だと言っていたのだから無理にでも休ませればよかった』と。でも、いくら調べても何も分かりませんでした。

警察も何もしてくれませんでした。しまいには『警察には山ほど失踪者の届けがあるんだから、大人で事件性もないのに調べていられない』とまで言われたんです。

婚約してたから、結婚が嫌になって自殺したんじゃないかとも言われました。でもその許婚も弓子のことをずっと探してくれました。許婚自身も警察で『君と結婚するのが嫌になって逃げたんじゃないか』とか、随分ひどいことを言われたようです。光恵は不憫になって『もうあの子のことは忘れて。あなたにはあなたの人生があるんだから』と言ったのですが、今も独り者のままです」

村本刑事

「いや、さっき警察が何もしなかったと言いましたが、それは言い過ぎでした。弓子がさらわれてしばらくしてから一人、村本という刑事が光恵のところを訪ねてきて友人関係とか色々聞いていきました。その後も一度、二度やってきたのですがいつの間にか連絡がなくなったので光恵はもう忘れているのか、あるいは担当が変わったのかと思っていたのです。

ところが何年か経ってからその刑事の奥さんから光恵に手紙が届きました。三日前に癌で亡くなったこと、意識が亡くなる前に光恵に伝えてくれとメモを残したとのことでした。そのメモが封筒の中にありました。そこには震える字でこう書かれていたのです。

『もうしわけありません

かならずいきています

うみのむこう

なにもできなかった

くやしい』

その村本という刑事が何をしていたのか、妹には分からないままです。公安の刑事さんでした。彼には何が起きたか分かっていて、それでも仕事上話せなかったのでしょう。上も動かない中で自分だけ悩んで命をすり減らしたんです。

五十前だったそうで、結婚も遅かったので彼の子供はまだ小学生でした。少なくとも村本刑事の報告は上がっているはずですが、今も政府だって北朝鮮に連れて行かれたとすら認めていない。どこかで止められているのです。あるいは一番上まで届いているのに止められたのかもしれない」

「しかしともかく朝鮮にいることは分かっていたんだろう。軍、いや、自衛隊とかいう今の連中はどうしてるんだ」

正木が聞くと柳田は首を振った。

「実はそれを一番聞いてもらいたかったんです。

警察には一部でも命をすり減らしてかけずり回った人間がいるのに、われわれの後輩たちは何もしていません。弓子だけではない。たくさん連れて行かれているのに誰も救おうとしていないのです。女子供がかっさらわれても、何とも思ってないのです。

俺たちのころは想像もつかなかったような戦車や戦闘機を持って、比べものにならないほど良い給料もらっていて、地震や台風では一所懸命出ていくのに、肝心のこんな戦争のようなことでは何もしないんだ。我々みたいに人間が命と引き替えに爆弾抱えて飛んでいく必要はない。機械が勝手に敵を追っかけていく時代ですよ。それなのに『危険なところには行かない』『法律がないからできない』なんて軍人の言うことですか。じゃあ法律を作れば敵はやってこないのか。

地震や台風の救援なんか警察や消防署でできる。いや、そこらの地方人でもできるでしょう。軍人しかできないことがあるのに、それをしないでぬくぬくしてやがる。そんなに命が惜しいのか。

国民が連れて行かれて誰一人取り返しにいかない。それどころか悔しがることすらしないなんて、軍人がそんなことであっていいはずはありません。『自衛隊』とかいう名前にしても自分を衛るなんて、恥ずかしくないのか。国を護るために、自分以外のものを守るために死んでいくのが軍人でしょう。自警団の子分みたいな情けない名前の組織などなくしてしまえというんだ。目の玉の飛び出るような金を使っているだけ無駄じゃないか。俺たちは何のために死んでいったんだ。こんなに、こんなに情けない国のために、あの矢ぶすまのような対空砲火の中を突っ込んで、身体を四分五裂させて死んでいったのか」

次第に柳田の声には怒気が込められていった。正木が肩を叩いて酒を勧めた。

「まあ、いいじゃないか。俺たちみたいになるのがいないということは平和だったということなんだから」

「正木中尉、お言葉ですがこの七十年間、我々に続いて、国のために戦ってここに祀られた人間は一人もおりません。ただの一人も。敗戦後に復讐の裁判で死刑にされた人間だけです。それも大東亜戦争の戦死者ですから。

本当に何もなかったなら良いでしょう。しかし罪もない女子供が沢山連れていかれているのに、命がけで助けようという人間がいない。戦った相手のアメ公に尻尾を振って、自分の国民には知らん顔をして、何が平和ですか。

ここにだって、命を捨てて国を守る気のない奴が何十万お参りに来てくれても嬉しくもなんともありません。崔大尉や金少佐の方がはるかに立派だ。彼らのような人間はもう日本にはいないんです」

「お母さんのところに帰る！」

柳田の声は絶叫に近くなっていた。中村が言葉を挟んだ。

「まあちょっと落ち着け。それで貴様の姪御さんは今どうなっているんだ」

「失礼しました、つい興奮して。弓子は北朝鮮で別の拉致された日本人の男と結婚し、いや、させられました。幸い夫婦仲は良かったようですが、三年ほど前に連れ合いが病死してしまいました。癌でした。日本にいれば治療もできたのでしょうが。

子供はいませんでした。亭主が死んでしまって一人になった姪は何日も泣き明かしました。あまりに落ち込んで手がつけられないので、招待所の指導員が気分転換しようと、咸興に連れて行ったんです。そのときに、そういえば咸興は白川中尉の故郷ですね。咸興の港で海を見て衝動的に「日本に帰る。お母さんのところに帰る！」と叫んで飛び込んだんです。それまで廃人のようになって歩くのもやっとだったので、指導員たちも虚を突かれて止められなかった。

それで弓子はこっちまで来かけたのです。自分が川のほとりにいて、その向こう側に弓子がいるんです。『おじちゃーん』って呼んでにこにこして川を渡って来ようとする。思わず抱きしめたかったのですが、ふと気がついて『こっちに来るな！』と叫んで突き飛ばしました。そうしたら姪の姿はふっと消えました。ちょうどそのとき蘇生したようです。一緒にいた指導員は泳げずにおたおたしているだけだったのですが、通りかかった軍人が飛び込んで助けてくれました」


話を聞いていたムヨルが言った。

「ひょっとして、その女性は……」

柳田が聞き返した。

「知ってるのか」

「丸顔の、ちょっと背の高い、その頃四十才くらいの……あっ」

あらためて柳田の顔をのぞき込んでムヨルは驚いた。似ている。あのときの女性はこの人の姪で、日本から誘拐されてきた人だったのか。どうりで朝鮮の女とは何か雰囲気が違うと思った。人工呼吸で蘇生したら周りにいた連中が直ぐに連れて行ってしまったから、それが誰だったのかも分からなかったが、なるほど、工作機関にいたのなら、そして日本人なら誰にも見せてはいけなかったわけだ。

ムヨルはそんなことを柳田に話した。

「ありがとうございました。韓少佐のおかげで弓子が助かったとは」

「いえ、柳田軍曹が抱きしめたい気持ちを振り切って突き飛ばしたからですよ。でも、できることなら本当に妹さんのところに連れて行ってあげたいが」

暖かい風が吹いて桜の花びらが宙を舞った。

海

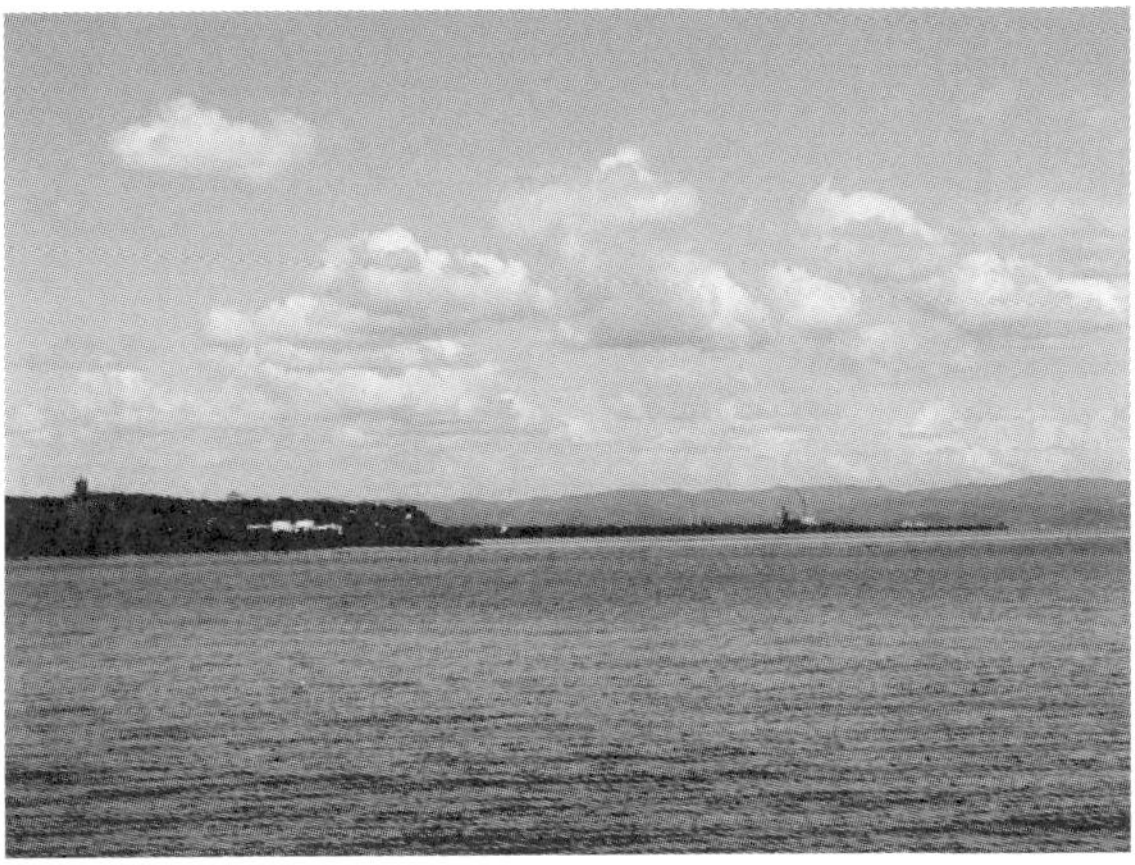

ナムヒョク

「帰れると思う」

突然鳥居の方から低い、ドスのきいた声がした。皆がどきっとして振り返ると男が一人立っていた。

年は四十過ぎくらいにみえた。ただ不思議なのはここに来ているのに不釣り合いなジャンパーによれよれのズボン、ズックという姿だったことだ。中肉中背で、一見どこにでもいそうな労働者風の男だが目つきだけは鋭かった。

ムヨルには直ぐに北朝鮮の人間だと分かった。

「君は誰だ」

「今の話が聞こえてきて、気がついたらここに来ていた」

「党の人間か」

「やはり分かるかな。その通り。朝鮮労働党対外情報調査部、厳《オム》ナムヒョク」

「なんでここに来たんだ」

「言っただろう。弓子、北朝鮮では金《キム》ユンジャと言われていたが、彼女のことが聞こえた。それでここに呼び寄せられたってことだ」

柳田が言った。

「弓子のことを知っているのか」

「そう。だいぶ前に三か月ほどだが工作員にするための教育をしたことがある」

ナムヒョクと名乗った男はぶっきらぼうに話し始めた。

「しかしまあ、無理矢理連れてきて工作員にしろって言われてもできるもんじゃない。上からは『主体思想は世界に例の無い素晴らしい思想であり、偉大なる首領様と親愛なる指導者同志の業績を知れば必ず忠実な革命戦士になる』と言われたがね。まあ本当にそうなった日本人もいたらしいからあながち誇大妄想とばかりは言えないんだろう。

ユンジャ、いや弓子はひょっとしたら工作員になれば日本に帰れるかも知れないという思いがあったから一所懸命勉強してはいたが、心の底では俺たちを憎んでいるのが分かった。

俺は日本での工作が専門だった。それで逆に弓子からは日本のことを教わった。横浜の出身だったよな。その周辺のどこに何があって、どこに行くときはどうやってとかバスに乗るときはこうしてとか、そういう話だ。

あるとき電波傍受の部署に行く機会があって、そこでたまたま弓子の両親、つまりあんたの妹とその旦那だな。二人が娘を呼んでいる放送を聞いたことがある。自分の知っている人間だし、いまさら自慢しても仕方ないが人並みはずれて記憶力の良かったことが工作員になった理由の一つだから、その放送は今も覚えてるよ。こんな感じだった。


弓子、ゆみちゃん。お母さんです。元気にしてますか。

あなたがいなくなって随分経ちました。みんなあなたの帰りを待っています。

おじいちゃんは五年前に亡くなりました。最後までゆみちゃんのことを心配していました。おばあちゃんは元気です。いつも『ゆみちゃんに会うまで元気でいないとね』と言っています。

この間高校のときのお友達の久美ちゃんが電話をくれました。『ユミクミ』とか言って文化祭で二人で歌うたってたよね。『弓子のこと、覚えていてくれてありがとうね』って言ったら、『おばちゃん、ユミのこと忘れたこと一度もないよ』って言ってくれた。うれしかったよ。

日本であなたの帰りをみんなが待っています。きっと帰ってこれる日が来ます。それまで元気でいて下さい

父親の方はほとんど言葉になってなかったな。

『弓子、助けてあげられなくてごめん……お父さんは……』

後は泣いているだけだった。

聞かなけりゃよかったよ。自分が連れて来たわけではないが、俺だって日本で別の人間の拉致には関わってるからな。見ないでおこうとしたものを無理矢理見せつけられたような気分だった。それからも任務はずっとこなしていたが、心の中にどうしても引っかかるものが残っていた。

家の場所や家族構成は聞いていたから、その後日本に行ったとき親の写真を隠れて撮っ

て持って行ってやった。もちろん、ばれたら俺自身が収容所送りか下手をすれば銃殺だ。弓子もただでは済まされなかったろう。しかしどうしてもそれだけはしてやりたかったんだ。ついでに写真の裏にその放送の時間と周波数を書いて渡してやった。

写真を見て泣いてたよ。見てるのも辛かったし誰かに知られるんじゃないかとはらはらしていたが、別れ際、招待所を出るときに『ちょっと待って』と言って部屋に戻っていった。そして出てきたら小さな折り紙をくれた。

『何もお礼ができなくてごめんなさい。これは鶴。お父さんとお母さんが元気でいるようにと思いながら折ってきたの。あなたもどうかご無事で』

それが弓子と会った最後だった」

「じゃあ、弓子は光恵の声を聞いているかも知れませんね」

「今は中国からラジオがいくらでも闇で入ってくるし、取締りも昔ほどは厳しくない。放送しているのは夜中だから間違いなく聞いているだろう」

召還命令

中村が口を挟んだ。

「その君がどうしてここに来るようなことになったんだ」

「俺は一年ほど前、また日本に行くことになった。今度は東京の福生でパチンコ屋の住み込み店員に偽装して、米軍横田基地の動向を見張るのが仕事だった。まあそれ以外にも色々あったんだが。上からは金が下りてこないので、家族を北に送った在日を脅かして協力させていた。そのパチンコ屋も四人の子供のうち次男と長女を北朝鮮に送っていた。それが要は人質ということさ。全部合わせりゃ億単位の金を北や総聯に貢いでいたから、俺のことだって『手伝わないと地方に送られる』と娘に書かせた手紙を見せたら、何でも言うことをきいてくれた。

今からひと月ほど前だ。召還命令が来て帰国することになった。

今度帰れば少しはゆっくりできるだろうと思うと、工作員でも、そわそわしてくるもんだ。元山には女房と中学生の娘、人民学校に通っている息子がいる。こんな仕事だから年に何日も会えない。上の娘が生まれたときも日本にいて、帰ったときは二歳になっていた。家に帰ってもしばらくは怖がってよりつかなかった。

パチンコ屋の息子に車を運転させて山梨から松本、大町を通って糸魚川に抜けた。ずっと山あいを走り続け、視界が開けてきたときは『もうすぐ海だ。ああ、これで帰れる』と思ったよ。子供たちの顔、といっても四、五歳の頃の顔なんだが、海の向こうに浮かんで見えた。家に帰ったとき娘がすっ飛んできて抱きついて、幼稚園で描いた絵を見せて『おとうちゃんの顔描いたよ。似てる？　うまい？』って言ってた。あのときの娘の顔だ。

糸魚川の東の方に弁天岩というところがある。夜の十時頃そこに行ってしばらく待った。予定の十一時に岩陰から海に向かって懐中電灯で信号を送ったらまもなくゴムボートが来た。上がってきた工作員がそのあたりの石を両手に拾って三回叩く、合計五回だからこちらは二回、そうしたら向こうが「中村さんですか」こちらが「田中です」で確認終わり。ゴムボートに移った。そこまでは良かったんだが、ボートを出そうとしたら突然『動くな！』と声をかけられ、あちこちからライトが照らされた。何てことはない、東京からずっと警察に付けられてたんだ。俺としたことが油断していた。

『日本の警察は法律に縛られて工作員を捕まえることなどできない』と言われていたし、これまで何度日本に入ったときも捕まりそうになったこともなかった。でも、少し勘違いしていたんだな。あいつらはできないんじゃなくて、しなかったんだ。全部ではないにしてもこちらの動きはかなり把握されていたということさ。

まあしかしどうせ日本の警察が撃ってくるわけではなし、そのままボートで、海上に停まっている子船まですっ飛ばして乗り移った。子船は見かけはそこら辺の小さな漁船みたいだが、フルスピードなら八十キロくらいは出る。海の上ならジェット機みたいな感じだ。あっという間に沖合の母船に辿り着いて一目散に元山を目指した。

そうしたら今度は海上保安庁の巡視船が出てきやがった。昔はこっちの方がずっと早かったんだが、あのときはもう性能が良くなって追いついてきた。空からは哨戒機が飛んでくるし、そのうちでかい軍艦までやってくる。

仕方なく一番接近してきた海上保安庁の船を攻撃することになった。俺は武器は小銃くらいしか使えないが、作戦部の連中は荒れた海の上でもさすがに手慣れたもんだ。ランチャー、あんた方の頃は確か擲弾筒とか言ってたんだよな。あれを撃ったら一発で当たった。撃沈はしなかったが火災を起こして動けなくなった。

これで逃げられるかと思ったら今度は軍艦の方から続けざまに大砲の弾が飛んできた。しかもわざと当てないようにしているのが分かるように撃ってきやがった。逃げたら当てるぞ、ということなんだろう。当たってはいないのだが着弾は至近距離で凄まじく正確だった。もの凄い衝撃だったよ。あの恐怖感はもう二度と味わいたくないな。まあここにいるんだから味わいたくても味わえないが……。

それはともかく、そうしているうちに機関が故障してしまった。動けなくなったんだ。軍艦はどんどん近づいてくる。内火艇を降ろす準備をしているからこっちに乗り移るつもりだったんだろう。まあそういう連中を小銃でなぎ倒すくらいわけないのだが、あっちは何千トンもある軍艦だ。大砲の弾が一発当たればおしまいだし、故障も直りそうになかった。もう万事休すということで船長が覚悟を決めた。俺たちもさんざん自決の訓練はしてきたから、あまり思い残すことはなかったが、船底の爆薬を爆発させて沈んでいくとき、子供たちの顔、女房の顔、あと党に呼ばれてこの仕事をすることになってから一度も会っていない両親や、兄弟の顔が目の前を過ぎていった。そして不思議なもんだが意識が亡くなる直前、折り紙をくれたときのユンジャの顔が目に浮かんだ。ひょっとしたらこうなることがせめてもの罪滅ぼしだったのかもしれないな」

南朝鮮革命

男は一気に話した。中村がなるほど、という顔でうなずいた。

「だからここに来たということか。で、奥さんとかお子さんは元気なのか」

「それは大丈夫、革命のために死んだのだから暮らしは保障される。逆に、あのとき捕まって生き残ったりしたら家族は収容所送りさ。だから皆自決することに躊躇はなかったんだ」

ムヨルが言った。

「あなたの名前はナムヒョク（南革）、つまり南朝鮮革命という意味ですね。まさにそのために命を捧げたわけだ」

「その通り。生まれたときからこういう運命だったのかな。

本気で南朝鮮革命、そして統一ができると信じていたよ。偉大な首領金日成同志が日帝を打倒して祖国を解放したのに、米帝と南の傀儡が侵略を企てた。しかし金日成同志はそれを打ち破って祖国を守った。未だ米帝の植民地である南朝鮮では人民が飢えて苦しんでいる。その同胞を救い祖国統一を実現するために自分たちは命を捧げるんだ、と。

途中で色々な疑問はあったな。工作機関にいると、当然南や日本の情報も入ってくる。言われている話と全く違って相手側の方が遥かに豊かに見える。日本時代の建物は今もしっかりしているのに最近作ったのは簡単に崩れてしまう。南に行けば街場の食堂で普通の人民が皆たらふく食っている。仲間の工作員の中には実際に派遣される前にそれを知って、休戦ライン近くでの訓練中にそのまま南に亡命してしまったのもいた。固定工作員になって何年も潜っているうちに動かなくなるやつもいた。南や日本で偽装結婚していると居心地が良くなるんだな。仕事をしている振りだけして、下手をすると安企部や日本の警察に寝返ることもあるから、それをチェックする仕事をしたこともあった。

もちろん、そんなことを仲間内で話したらおしまいだ。それに、そう考えたら自分自身の人生も否定することになる。いや、自分どころか家族まで巻き添えに。ともかく任務を果たすことが祖国のため、統一のためなんだと自分に言い聞かせてきた。そうでなきゃ、何をしたわけでもない外国人を無理矢理連れてくるなんてできないだろう。

ユンジャにも話した。『お前たち日本人はかつて朝鮮を植民地化して八四〇万人を強制連行し、二百万人を殺して二十万人を慰安婦にした。お前の祖父はかつて総督府の官僚だったのだから、お前がその償いをしなければならない』とな。実は拉致するときそういう家の娘だったことも調べてあったんだそうだ。

あとから考えれば八四〇万人も二百万人も二十万人も皆嘘っぱちだが、連れて行かれた方からすれば、日本が軍隊送って助けにくるわけでもなく、逆らえば殺されるんだから認めないわけにはいかないだろう。日本人というのは不思議なもんで、そう諦めてしまうと一所懸命働くんだな。もちろん助けにこない自分の国への怨みもあったんだろうが、俺たちの活動にも意外と協力的だった。それでもやはり心の奥底では憎んでいることは分かったが。


それにしても、だ。

こっちにきてから娑婆を見てみると、『革命の首脳部』なんていう連中も御身大事で本気で統一しようなんて思ってもいないことが分かった。大体アメリカも中国もこの分断状態が変わるのは望んでいないし、そもそも当事者がやる気がなくて、しかしやろうとする振りだけは一所懸命するから俺たちみたいなのが死んでいくんだ。自分の死はなんだったんだろうな。

　仲間はずいぶん死んでいったよ。学校の同期生で訓練中に死んだのも一割くらいいた。結婚して家にいたときも夜中に飛び起きたことが何度もあった。夢に同期生の死んでいった姿が出てくるんだ。それはもう、悲惨な死に方だった。うなされて、目が覚めるとびっしょり寝汗をかいている。女房は驚いていた。分かってはいたようだが、何も聞いてこなかったけれど。

　南に侵入しようとして半潜水艇ごと吹き飛ばされたのもいた。潜水艦が座礁して帰れなくなり、上陸して一人が残りを全部射殺し、最後は自分の口で銃口をくわえて自決したなんてこともあった。まあ、革命烈士の扱いになるから家族の生活は保障される。それだけが救いだな。

　それにしても上の連中は自分の昇進や儲けることしか考えていない。統一なんかできるとも思っていない。そして下の真面目な人間が犠牲になるんだ。

　韓少佐だってそうだろう。特攻で死んだ日本の軍人さんがどう思うか分からないが、彼のような純粋な軍人など百万人を超える人民軍でも一握りしかいない」

「いや、私はそんな……」

ムヨルが言いかけたがナムヒョクは構わず続けた。

「彼もさっき言っていたが南の高速艇を撃沈するという作戦を立てたとき、他のフネの連中は皆逃げたんだ。機関の調子が悪いとか何とか言って。変な話だと思うだろうが、そう言われると上も無理に行けとは言えないんだ。やる気がなくて逃げ帰ったり、場合によったらそのまま亡命してしまうかも知れない。そんなことになったら上官の責任も問われて銃殺だから。

それで皆逃げ回っていたときに彼だけが手を挙げた。上官は大喜びしたろう」

「確かに、それまでずっと『宗派のガキ』というような視線で見られていたのが突然下へも置かぬもてなしになりました。指導者同志まで視察のときに接見された。あのときの『労働新聞』とか見ると写真が載ってますよ。急に扱いが良くなったので、おかしくてあとで部下たちと笑っていました」

「そんな大事な軍人をあんな作戦に投入するのが栄光の朝鮮人民軍だ。仮にたかが高速艇を一隻撃沈できたって……、いや崔大尉、失礼」

ナムヒョクが頭を掻いた。ジョンホが笑って答えた。

「いや、厳先生、私にもとても興味のある話ですからお気遣いなく」

「別に大型艦でもいいんだ。ともかくあそこで沈めたって、それでどうするわけでもない。南には俺たちのようなのが山ほど潜っている。党の機関だけでなく軍の偵察局も保衛部も入れている。例えば撃沈に呼応して南で主要施設の爆破とか、要人の暗殺でもやって、その混乱に乗じて人民軍が一気に攻め込むというなら分かるんだが、そんな計画は全くないんだ」

ムヨルが自嘲気味に答えた。

「そうでしょうね。『米帝と傀儡の圧殺策動には百千倍にして報復する』と耳にたこができるほど聞かされたけれど、具体的にやる計画は見たことがない。まあわれわれの撃った85ミリ砲が『百千倍』ということになるのかな」

ずっと聞いていた白川が口をひらいた。

「崔君も韓君も厳君も、分断がなければ立派な軍人や情報員として任務を全うしていたんだろうな。まあ、それぞれの仕事という意味ではやることをやったわけだが。それにしても、崔君には言ったが、我々のときには朝鮮人同士が血を血で洗うようなことになるとは想像もしていなかった」

柳田が言った。

「確かに厳さんが言ったように、父は総督府に勤めていました。私はそのころ広島の叔父のところに預けられていたので、休みのときに遊びに行った位でしたが、京城の街はとてもきれいでモダンでしたね。血で血を洗うどころかとげとげしい雰囲気などなかった。父の同僚に朝鮮の人が何人もいましたが私も可愛がってもらいました」

ナムヒョクがしばらく考え込んでから言った。

「なんでこうなってしまったんだろう。どこまで歴史の歯車を巻き戻せば良いのか……。しかし柳田さん、ユンジャ、いや弓子さんは妹さんのもとに戻れると思います。いつかは分かりませんが、私には妹さんと抱き合う姿が見える」

桜の花びらが一片舞い落ちた。

忘却

太陽政策

茶碗酒を飲み干してからジョンホが語った。

「皆色々な思いがあるのですね。ここに集まっているんだから、当たり前と言えば当たり前だけど。

今わが国は前の大統領が提唱した太陽政策を今の大統領も引き継いで、北韓との融和に熱心です。しかし、私たちが死んだとき、政府はほとんど知らん顔でした。それどころか何とかして私たちの死から国民の関心をそらそうとしました。いや、今も。

北韓との関係が良くなったことにしていたので、そうではないという事実から目を背けたのです。金少佐には失礼ながら、北側から先制攻撃したことすら『でっち上げだ』というやつらが韓国の中にいた。しかし政府はそれにちゃんと反論しようともしなかった。

私は最初、前の大統領には期待していました。民主化の闘士、苦難の人生、そして北韓との融和への期待……。

さっきの厳さんの話ではないが、同じ民族で三年間、国土にローラーをかけるように殺し合いをして、それから半世紀対峙し続けた。その間『休戦』とは名ばかりで、南だけで何千人も戦死している。私もその一人です。最初に白川さんに言われたように、馬鹿馬鹿しい話じゃないですか。確かに私たちが忌み嫌ってきた『日帝時代』には、同じ民族同士が殺し合うなんてことはなかった。何という皮肉なんだろう。

前の大統領はそれを終わらせてくれるのではないかと思いました。自分が現役のときに、統一した国家の軍人として韓半島全体を守れるようになるかどうかは分からない。でもそこに向けて一歩を踏み出してくれるのではないかと、淡い期待を持ったのは事実です。大統領選挙でも軍の中は与党候補に投票しろという雰囲気だったけれど、私はあの人に投票した。そして今の大統領は彼の後継者です。しかし結果はこの通り。南北関係が改善していることにする、だから不都合なことは見ないことにするというのが政府の姿勢です。

私は将校だから、覚悟して軍人になったのだから仕方ありません。しかし、一緒に死んだ部下たちは……。

あのときは、どんなにNLLを侵犯されても先制攻撃はするなという指示でした。私たちは二隻で一つの編隊を組みます。もう一隻に乗っていた編隊長にはせめて警告射撃だけでもすべきと具申しました。しかし、答えは『先制攻撃は絶対にするな。警告射撃もまかりならん』でした。

ひと月くらい前から、実は通信傍受で特異情報が入っていた。それは北韓側から挑発の可能性あり、ということだった。しかしどこで止められたのか、私たちのところには伝わってきませんでした。もう一隻が援護に入ったときも『爆風』はそちらからの射撃には構わず、われわれの方だけに射撃を続けた」

「その通り」

ムヨルが言った。

「『狙った一隻を沈めろ。他の艦から射撃されてもともかく一隻だけに砲火を集中しろ』というのが命令だった。つまりこっちはどうなってもいいということだ。もちろんそのための準備はかなり綿密にやったよ。そしてともかくまず艦橋、次に砲塔、さらに機関室と操舵室……。

あの日の一週間前から三回同じようにＮＬＬを越えたろう。あれは逆に油断させるための目くらましだった。無線も飛んでたし、正直なところいつ気付かれるかとひやひやしていたんだ」

「あの日、こっちが先に警告射撃でもしていたら？」

「うーん、あのときだったらもう命令が出ているから撃ったろう。ただ、お互いほとんど同時に撃ち合うことになるから君らの方の被害はもっと少なかったんじゃないか。それにあの日より前にＮＬＬを越えたときに撃ってこられたら、作戦自体が中止になった可能性もあるだろうな」

「私が命令に反して、そうしていれば事態は変わっていたかも知れない。命令違反は厳罰だけれど、せいぜい軍法会議で懲役何年だ。死刑にはならない。私の命令でやれば部下は責任を問われなかったでしょう。

こいつらの中にはあと三か月で除隊して社会に戻れるのもいた。そこの金《キム》兵長です。戻れば大学に復学して学生生活を謳歌できたのです。姜《カン》下士は来月には艦隊司令部の陸上勤務になることになっていた。閔《ミン》中士は男の子が生まれたばかりで、この勤務が終われば初めて顔を見ることができたはずだ。今も嘆き悲しんでいる家族の声が聞こえてくる。

「休戦」というけれど、南北の関係はそういうことなのです。同じ民族で殺し合いをして、休戦が半世紀続いて、今も戦争は終わっていない。またいつわれわれの後に戦死する人間が出るかわからない。そしてもっと深刻なのは、それなのに今の韓国人はそんな現実は知ろうともしないということです。

われわれの葬儀だって大統領はおろか総理も国防相も参列しなかった。ともかく国民の関心をできるだけ小さくしよう、忘れさせようという意図が露骨でした。国のために戦ったんだから、せめて『ご苦労さん』と言ってくれてもばちは当たらないでしょうが。

軍だってそうです。上はさんざん情報を隠し続けた。要は政権に嫌われたくないということです。特異情報があると伝えれば嫌な顔をされる。昇任が邪魔されたり、退役後の生活が保障されなくなる。それよりはなかったことにしよう、まあ南北関係が良くなっているはずだから何も起きないだろうと。そしてこんな結果になったら今度はどこで情報が止まったかで内輪げんかばかりしている。

現実など誰も目を向けようとしない。私たちの死だってまもなく忘れられるでしょう。そしてやがてまた私たちのような人間が死んでいくんです」

柳田が言った。

「悔しいのは自分だけじゃなかったんですね。まあ、ここにいる連中はお互い忘れませんよ」

街灯に照らされた桜が優しく彼らを包んだ。

弥生慰霊堂

「おい、ちょっと酔い覚ましに散歩にいかないか」

正木が隣の男に声をかけた。同じ第二十三報国隊の木村和夫軍曹。ちょっと小柄だがいかにも戦闘機乗りという感じの、向こう気の強そうな男だった。

「はっ。しかしそこの外国のお客さんは連れて行かなくていいのですか」

「外国人には恥ずかしくて見せられん。ちょっと付き合え」

二人は宴の席を離れて靖国通りに出た。道を渡ると武道館が見える。その武道館に向かって正木は歩いて行った。

「ここは武道館ですが、何かあるんですか」

「まあいいから付いてこい」

正木は木村の声に構わず坂を上って田安門をくぐった。夜だから門は閉まっているが彼らには当然関係ない。なんだろう、門を通りながら木村はせつない思いにとらわれた。

田安門をくぐると正木は門沿いに左に細い道を進んだ。やがて「弥生慰霊堂」と書かれた碑があった。そこからの坂を上りきった途端、木村は「なんだこりゃ」と素っ頓狂な声をあげた。

神社みたいな作りだが鳥居がない。あったとしてもここが神社でないことは空気で分かる。神社なら当然拝殿であるはずの建物を複雑な顔で見つめながら、正木が口を開いた。

「ここは弥生慰霊堂と言って、警視庁と東京消防庁の殉職者の慰霊施設さ。しかし分かるだろう。何もないんだ。あの祠のようなところの中に殉職者の名前とか命日の書かれたものが置かれてあるだけだ。周りには何の由来も書かれていない。昔は神社だったらしいが」

木村が訝しげに聞いた。

「正木中尉、戦争ではないにしても公のために死んだ人たちでしょう。何でこんな扱いなんですか」

「一年に一度くらいは慰霊行事をやってるようだが、あとはほとんど物好きしか訪ねてこない。だいたいこんな神社もどきでは何か気持ち悪いだけでなあ。いっそ全部無くして、由来でも書いて名前を刻んだ石碑でも置いておいた方がよほどましだ」

確かに何でこんな風にしているのか疑問だった。別に神社でなくても良いのだが、それにしてもどうにかならないものか、と木村は思った。

「道一つ隔てた靖国には反対している連中も含めて折々に沢山やってくるのに、ここはこの調子だ」

「柳田の話に出てきた村本さんという刑事はここに祀られてるんでしょうか」

「どうだろう。名前は入ってるのかな。でも病気で死んだのなら殉職にはならないかもな。本当は戦病死みたいなもんだろうが。まあどっちにしてもこんなところでは降りて来る気にもならないんじゃないか」

周囲を一回りしてみたが、確かに由来を書いた看板すら立っていない。分かっていて来なければ何が何だか分からないだろう。

木村は呆然と、その奇妙な祠を見つめていた。


「じゃあ戻ろうか」と正木に言われて二人は祠に軽く敬礼し石段を下りた。田安門を出て坂を下り靖国通りを渡ろうとしたとき、二人の前を二十代前半くらいのカップルが横切った。二人ともちょっと酔っているような感じだった。男が道の反対側を指さして言った。

「おい、あれ靖国神社だってよ」

「えーっ、あの戦争の？」

「おう、何かさあ、軍人のコスプレしたのとかテレビに出てくるとこだよな」

「やだ、気持ち悪い。早く行こうよ」

木村がかっとなって言った。

「おい、貴様らなんて言った！」

「言ったって無理だ。どうせ見えないんだから」

正木が止めた。

「しかしこいつら何てことを言うんですか」

もちろんそんな会話は二人には聞こえない。

「何か変な気分ねえ。幽霊でも出てるんじゃないの」

「馬鹿言うなよ。でもこの中って墓とかあるのかな」

「戦争で死ぬなんてねえ。学校で暗記させられたわよ。『日本国民は、正義と秩序を基調とする国際平和を誠実に希求し、国権の発動たる戦争と、武力による威嚇又は武力の行使は、国際紛争を解決する手段としては、永久にこれを放棄する』って。今でも覚えてる。担任がさあ、英語の教師なのにうるさいやつでねえ」

「でもすげーじゃん。お前頭良いんだな」

「へっ、常識よ。だいたいこっちから侵略とかして死んでくなんてねえ」

「おう。そんなことしてねえで税金安くしてくれってんだよなあ」

「でもさあ、戦争とかなったらタケシどうする？」

「逃げるに決まってんじゃん。弾とか当たったら痛そうだし」

「あたしは置いてくっての？」

「ん、いや、まあ一緒に逃げればいいじゃんか」

「そうね。どこ行こうか」

「サイパンとかグアムでも行くか。戦争とか関係ないとこだから」

「そうねえ。それよりさあ、ここなんか誰かに見られてるみたいで気持ち悪いよ。どっか飲み直しに行こうよ」

カップルはタクシーを拾って行ってしまった。正木と木村はそれを言葉もなく見送った。


「サイパン……」

正木はつぶやいた。サイパンを守るためにどれだけの人間が死んでいったのか。軍人だけではない。民間人も。こいつらは戦争になったらそこに逃げていくというのか……。

二人は肩を落として宴の席に戻ってその様子を話した。中村が言った。

「そうだなあ、ニューギニアでもビルマでも、まだ戦友の遺骨がたくさん残っている。硫黄島でも滑走路の下で成仏できずに彷徨《さまよ》っている連中が少なくない。沖縄にも。地方人、いや、民間人で収集とかしてくれている人はいるが国民の大部分は無関心だし、政府も熱心ではない。その二人だってごく普通の日本人だよ。それが現実だ」

「我が国だって」

ナムヒョクが言った。

「さんざん南に要員を送り込んでおいて、何か言われると『何もしていない。米帝のでっち上げだ』とかしらばっくれる。具合が悪くなると今度は『一部の妄動分子が』で済ませる」

ムヨルも続けた。

「そう。さっきも言いましたが、人民軍だって栄養失調で除隊する兵士が次から次へと出ているのですよ。家に帰ってそのまま死んでしまうやつも少なくない。無茶な工事に動員されて事故死するのも多いんだ。私の前にいた部隊でも幼稚園の建設に動員され、いい加減な工事をするもんだから造っている途中で天井が崩落して何人も死んだ。あれ、家族になんて言ったのかな。まさか『親愛なる指導者同志のお示しになった課業で幼稚園を造っていて生き埋めになりました』とは言えなかったでしょうね。それに比べれば俺たちみたいに戦死した方がよほどましだ。こんなことで何が先軍政治だっていうんだ」

柳田がため息をついた。

「何だ、結局、皆無駄死にしたってことか。守る価値の無いものを守ろうとして、死んだら忘れられる。その上守らなければならないものは守れない。俺たちはいったいなんだったんだ」

ふたたび虚脱感が靖国を覆った。皆がうなだれていた。

重い空気を破るようにムヨルが口を開いた。

「白川さんが自分たちのころは朝鮮に北も南もなかったと言いましたね。そんなこと生きていたときは考えもしなかったけれど、確かにその通りです。解放されたと思ったら分断されて、祖国解放戦争、いや朝鮮戦争も休戦のまま。今の人民軍には南を占領する力はない。相手が韓国軍だけならある程度戦えるかも知れないけれど、米軍はいるし。

でも、崔大尉、君たちだって北進して鴨緑江まで制圧することはできないだろう」

「韓国軍はもともとそんなことは想定していない。考えたとしてもアメリカが許さないだろう」

「かと言って話し合いで統一するわけでもない。それならいっそ二つの国にしてしまった方がましだと思うが、もちろんそんなことは口が裂けても言えない。そして俺たちのようなことが起きる。おそらくこれからも死んでいく奴らが出るだろう。そして忘れられていく。一体俺たちは何なんだ。それならいっそ無理にでも戦って半世紀前の片をつけた方がましなんじゃないか」

二人とも「解放」を民族の慶事と教えられてきた。しかしその解放がイコール分断であったためにジョンホとムヨルは戦い、死んでいった。おそらくこれからも自分たちのように、無益な戦いで命を落とす人間がいるだろう。それでも、統一に近づくことはないなら、自分は、そしてこいつは何のために死んだのか。お互いを見つめ合って二人は酒をあおった。

ムヨルの茶碗に桜の花びらがひとひら落ちた。

特攻

「若い若い。悩むのは結構なことだ」

笑いながら中村が言った。身なりは自分より若いのだが、生きていれば自分の祖父くらいの年齢だ。貫禄があった。

「そんな疑問を持つのは当然だな。答えになるかどうか分からないが特攻の話をしてやろう。

特攻で死んだのは六千人くらいかな。それ以外に海上特攻、「大和」なんかの乗組員とか直掩機《ちょくえんき》で一緒に突入したり空戦で落とされたのを入れると一万四千くらいが特攻作戦で死んだ。考えてみれば凄い話だ。

もともとはレイテ海戦のとき海軍が始めたことだが、陸軍もその前から構想は持っていた。劣勢を挽回するには爆弾を積んだ飛行機で直接体当たりするしかない。搭乗員の方もどうせ戦死するなら確実に敵をやっつけたいという思いはあった。今なら誘導弾があるから弾丸の方で相手に向かっていくが、俺たちのころはもちろんそんなものはない。その代わりを人間がやったということだ。

俺たちも死ぬための訓練を続けたわけだが、それでも特攻機というのは相手が見つからなかったり、機体が不調になれば戻れる可能性もあった。しかし海軍さんの桜花とか回天になると一式陸攻や潜水艦を離れたらそれでおしまいだ。相手がいなくても命はない。そんなのを操縦する訓練を受けて、そして死んでいった人間は多少尊重されてもばちは当たらないだろうな。


ただなあ、もうこんなことは二度とやってもらいたくないんだ。

人間が乗って突入するんだから、そりゃ少しは命中率が良いに決まっている。しかし一回でおしまいだ。しかも最初のときは一時的な措置のはずだったのが、いつの間にか当たり前になって『全軍特攻』なんて掛け声までかかるようになった。しまいには滑走路に突っ込んで穴を空けろなんて命令もあった。

俺の部下もそうだが、志願した連中は皆素晴らしい奴らだ。だからこそ、そういう人間を無駄に死なせたのは許せんのだ。しかも特攻兵器を作ったり、「自分も後から行く」とか部下を送り出しておいて、戦後のうのうと生き残った奴らも少なくない。そんな連中にもっともらしい顔をして靖国に来られても迷惑千万だ。

われわれも君たちも軍人なんだから、死ぬのは仕方ない。安全な戦争なんてありえないからな。しかし決死隊と必死隊ではまったく意味が違う。

そもそも戦闘機が二百五十キロの爆弾を抱えて敵艦に体当たりするというのは大変な技量がいる。敵は電探でこっちを先に見つけて待ち構えているし、対空砲火はスコールのような凄まじさだ。そこをかいくぐって行ける技量を持ったパイロットなど一朝一夕に作れるもんじゃない。そしてそれのできるパイロットが消耗していくと、どんどん新しいのをつぎ込んだ。しまいにはろくに飛んでもいないのを練習機に乗せて突っ込ませた。戦果なんか挙がるもんか。しかし、こんな愚劣な作戦が終戦まで続けられたんだ。

海軍さんの『桜花』なぞ、要は一トン爆弾にロケットと舵を付けただけの代物だ。一式陸攻にぶら下げたら離陸するだけで大事だろう。速度は出ないし運動性能は悪いから、切り離す前に敵の戦闘機の格好の標的だ。確かに当たれば空母くらい喰えるだろうがほとんど無駄死にだ。しかも大抵は『桜花』を積んだ一式陸攻の七人も道連れさ。ひどい話だ。

それを分かった上で死んでいった連中は尊敬に値する。だからこそ、そういう連中が残っていてくれたら……」

「女子供を連れ去られて『憲法の制約があるから助けに行けません』などとは口が裂けても言わなかったでしょうね」

柳田が口を挟んだ。


風が吹いて桜が舞った。


皆見とれていたが、しばらくしてムヨルが言った。

「しかし、凄いと思います。我々も『銃爆弾』とか『革命の首脳部を死守せよ』と言い続けてきましたが、少なくとも大規模な作戦としては想像もつかない」

白川が語った。

「死んでいった連中は素晴らしい奴らだった。だから俺も行けたんだ」

中村が笑って言った。

「白川が生き残って朝鮮が独立していたら、参謀総長くらいになっていたろうな。独立しなくても貴様だったらなっていたかも知れない。いや、戦争に負けてなければ昭和二十一年には朝鮮でも国会議員の選挙が始まるはずだったんだし、貴様なんか我が隊一の二枚目なんだから、十年位して予備役編入で選挙に出たって当選してたろう」

「そうなったら清子さんは議員夫人ってことか」

正木が茶化すと清子は真っ赤になってうつむいた。

コーンパイプ

ジャック

「ありゃあ、なかなか痛かったぜ」

突然にぎやかな声が遠くから聞こえてきた。坂を上ってきたのは今度はアメリカ人だった。

「とはいえ、痛がっている間もなかったが。俺のフネに体当たりかましたのは、あんただったのか」

白川が答えた。

「あの巡洋艦の乗組員か」

「そう。米国海軍巡洋艦『サンダース』機銃手、ジャック・ブライトン」

背が高くいかつい、いかにもヤンキーという感じの男は軽く敬礼して、勝手に座り込み酒を飲み始めた。

「オウ、ジャパニーズ・ワインもなかなかいけるじゃねえか。俺の田舎のバーボンより美味いかもしれん」

皆あっけにとられていたが、何となく憎めない感じの男だった。

「君がここに来たということは俺も体当たりはできなかったが多少は戦果を上げたってことか」

白川が苦笑いした。

「五五〇ポンドに目の前で爆発されたら無事でいられるもんか。俺なんかその真ん前にいたんだぞ。上半身吹き飛ばされて昇天さ。ヘソから下は残ってたがな。子供の頃からママにここだけは大事にしなさいと言われてたんだが、さすがに上半分がなくなったら使い物にならねえからな」

中村がなかば呆れた顔で言った。

「しかし君は良くこんなところに来たもんだな。ここでアメリカ人というのは初めて見たが」

「ちょっと好奇心の強いたちなんでね。カミカゼの連中がどんな人間なのか見てみたくなったんだ。

フネに乗っていたときは怖かった。ゾンビのような奴らが爆弾抱えて飛んでくる。頭がおかしいんじゃないかと思ったが、その分恐怖感は並大抵のもんじゃなかった。いや、一緒のフネに乗ってたやつで本当に頭がおかしくなってしまったのもいた。

シラカワ中尉って言ったな。あんたがやってきたときは、ともかく滅茶苦茶に機銃をぶっ放した。『なんで当たらないんだ、他の連中は何をやってるんだ』って思ったが、いくら撃ってもやってくる。もうだめだと思ったよ。

そうしたら五百ヤードくらいのところかな。もうほとんど目の前だが、主翼が火を噴いた。『やった！』と思ったら、まだ飛んできて海面に激突、爆発した。そりゃあ凄いもんだった。とは言っても俺は即死だからほとんど覚えてないんだが」

白川が困ったような顔をして言った。

「謝った方がいいのかな、それともおあいこってことで恨みっこなしか」

「俺だって軍人だぜ。そっちも死んでるんだし、恨みなんかあるもんか。

ただなあ、ジェーン、俺の彼女だ。ジェーンと結婚してから戦死できりゃあ一番良かったな。それが心残りだ。

そうだ。これを見てくれよ。ジェーンの写真だ」

ジャックは胸のポケットから写真を出してみんなに見せた。

「へえ、べっぴんさんじゃないか」

正木が驚いた顔をしてのぞき込んだ。

ジェーン

「だろ。ラジオのアナウンサーだった。女優にしたっていいぐらいだ。アナウンサーだからもちろん声も最高だった。さんざんアタックしたんだが、ぜんぜん見向きもされなかった。言い寄ってくる奴は山ほどいたからな。でも、出撃の前に酒を飲んだ勢いで家に押しかけて花束を渡したらにっこり笑って『今度、帰ってきたら美味しいパイを作って待ってるわ』って言ってくれたんだ。

もう飛び上がるような気分だった。もうすぐ戦争も終わる。今度帰ってきたらジェーンと田舎で百姓でもやって暮らそう、そればっかり考えていた。

俺が小学校に行く前に親父が死んじまって、ママはすごく苦労した。それなのに俺はグレて、ひどい息子だった。これ以上迷惑かけられないと思ったから海軍に志願したんだ。入隊するときには泣かれたけど最初の休暇で帰ってきたら『見違えるようになったわ』と言って大喜びしてくれた。

もう絶対にママに苦労かけたくない、子供のころ困らせた分、喜ばせてやると決心したんだ。戦争が終われば親孝行もできる、ジェーンとも暮らせる、やっと一人前になれる、そう思ってた」

ジャックはそういって桜の木を見上げ、しばらく思いにふけっていた。

「そんな思いを邪魔する奴らは絶対に許せねえって思ってた。でも正直カミカゼは怖かった。紙で出来た家に住んでる五フィートくらいのチビが何でこんなに戦うんだ、爆弾抱えて飛んでくるんだって。こいつらのシントーとかいう宗教はどんな教義なんだって思った。まあ、もう怖いも何もないんで、あんたに会いたくなって来てみたってことさ。一緒に死んだんだし、ある意味あんたと俺は兄弟みたいなもんだな」

ジャックが笑った。白川も笑った。

「で、どうなんだ、ここにやってきたご感想は」

「うーん、よくわかんねえなあ。意外と居心地は悪くない」

「勝手にやってきて、ただ酒飲んどいて居心地が悪いとは言わせねえぞ。そもそもお前さんの方は勝ったんだから文句はないだろう」

正木が冷やかした。

「そりゃそうだ」

ジャックはなぜか少し物思いにふけって、それから言葉を続けた。

でもなあ、一人だけ許せねえやつがいる。そうそう、それだけはあんた方に言っときたかったんだ」

「あいつって、誰のことだ」

正木が聞いた。「トージョー」とでも言うのかと思ったのだが、答えは意外だった。

「戦争に勝ってから日本に乗り込んだお偉いさんさ。サングラス掛けてコーンパイプ持って。

フィリピンにいて日本が攻めてきたら部下を放り出して逃げた情けないやつだ。俺はもともと陸軍の連中とは肌が合わないんだが、特にあいつは思い出すだけでも虫酸が走る。輸送機に乗って日本に着いたときだって偉そうにしてたけど、誰かスナイパーが狙ってるんじゃないかとびくびくしてたんだぜ。足はガクガク震えて小便ちびってた。写真を見てみな。股のところが濡れてるから。

あんな奴に支配されたんだから、戦争に負けたといっても日本は不幸だったよな。それにしても何で日本人は言うことを聞いてたんだ。カミカゼまでやって勇敢に戦ったのに急に従順になったのが不思議だったよ」

中村がうなずいた。

「まあ、言われても仕方ないな。それが六十年以上続いてるんだから」

「でも、その人が6・25（朝鮮戦争）のときはわが国を救ってくれましたから」

ジョンホが口を挟んだ。ジャックは急に真面目な顔になって言った。

「実は、それがもう一つ、あいつを嫌いな理由だ。

ジェーンは戦争が終わってから陸軍の将校と結婚した。そりゃあ仕方ない。こっちは死んでるんだし、向こうは俺なんかよりよほどまともな男だったしな。あいつも幸せだった。間もなく息子ができて日本に赴任して、フクオカの米軍の住宅に住んでいた。周りは焼け野が原だったけれど、米軍は特別だからな、住宅地域は別天地だった。列車だって日本人が窓ガラスもないようなボロボロの車に乗ってるときでも、米軍や家族の乗る車輌はピカピカだったし。日本人はあれだけやられても従順で真面目なんだから、本当に征服しがいのある民族だよ。いや失礼。ワインが美味いもんでちょっと調子に乗ったみたいだ。

それであのコーンパイプ野郎も勘違いしたのかな。コリアン・ウォーが始まって自分が総司令官になったら、この戦争に勝って英雄になって、帰国したら大統領に、なんて考えたみたいだ。実際仁川上陸作戦が大当たりしてますます図に乗っちまった。中国の連中がやってくるって情報なんかいくらでも上がってたんだが、全部無視していた。下の連中もおべっかばかり使いやがって、機嫌を損ねるような情報は上げなかった。

実はジェーンの旦那はそれで戦死してしまったんだ。北進する部隊の中隊長だったんだが、中国軍が参戦するなんて情報は全く聞かされていなかった。クリスマスまでに戦争は終わるだろう、フクオカに戻ってジェーンや息子を連れてアメリカに帰ろうって思っていた。

中国軍の、人海戦術っていうのか、あれは凄いな。カミカゼとはまた別の恐怖らしい。殺しても殺してもやってくる。大した武器は持ってないんだが、わざと撤退しながら相手を山あいにおびき入れておいて両側から撃ってくるんだ。そうなると戦車も重砲も使えない。奴は挟み撃ちにされて死んじまった。遺体も返ってこなかった。

ジェーンは泣いたよ。でも仕方ない、子供を連れてアメリカに帰った。その後再婚したが結局うまくいかなくて別れ、自分で働いて子供を育てた」

正木が酒を勧めた。

「この酒はあんたの彼女が住んでいた福岡の酒だ。ちょっと味見してみないか」

「ありがとう。これも美味いなあ。生きてるときに飲んどけばカミカゼにも負けなかったぞ」

皆が笑った。


「それにしても、日本に勝ってしまったのが良かったのかな」

ジャックの言葉に正木が返した。

「贅沢な悩みだな。でもどうしてそんなことを言うんだ」

「まあ個人的なことといえば個人的なことなんだが、ジェーンの息子だよ。写真でしか父親を知らないのに、かえって憧れたのかな。後を継いで軍人になったんだ。そしてその子はベトナム戦争で戦死してしまった。

俺のことまでは頭になかったろうが、ともかく家族をことごとく戦争で失ってしまったんだからな。ジェーンのショックは並大抵のものではなかった。一所懸命育てたし、息子は俺なんか逆立ちしても真似できないほど優秀で真面目で親孝行だったから。

こんなことを言っても仕方ないんだが、もしアメリカが日本と戦争していなかったり、やっていても一年くらいで引き分けとかなっていれば、俺も戦死していなかったはずだ。コリアン・ウォーもなかったろうから、ジェーンの旦那も死んでいなかったろう。ベトナムはどうなっていたか分からないが。

日本に勝って調子に乗ったのかな。世界中で戦争をやり過ぎた。コールド・ウォーのときはソ連がいたから仕方ないとも言えるが、そのソ連だって日本が負けてなければアジアでは日本が抑えてくれていたわけだし」

白川がからかうように言った。

「貴公なかなかインテリじゃないか。それとも酒のせいで頭の調子が良くなったか」

「いや、こんな話、今までしたことなかったんだ。やっぱり何か居心地がいいんだな。

ここは。それにこのワインは美味いよ。あんたたちはこのワイン飲んでたから強かったのか」

「特攻するとき、爆弾の代わりに一升瓶でもぶら下げとけば良かったかな」

白川の言葉にジャックも大笑いした。

「それを先に届けてもらえれば二千ヤード前で撃墜してたぜ」

ジョンホが語った。

「前の大統領が平壌に行って帰ってきたとき、最初の言葉が『もう戦争はなくなりました』でした。そしてその後、あの交戦があって私も韓少佐も、ここにいる連中も戦死してしまった。

南北の首脳が休戦後初めて会談して、抱き合った。正直、軍の中では不安だったんです。本当に大丈夫なのかと。

でも、その一〇年位前から韓国軍も随分変わっていた。さっきも言いましたが上の方は政治家の顔ばかり見ている。そのトップにいる大統領が『戦争はなくなりました』と言ったらどうすればいいのでしょう。

高速艇はいつ何が起きるか分からない。勤務も厳しい。冬になればしぶきが船体に凍り付く。攻撃されなくても海に落ちたらおしまいです。ＮＬＬ侵犯は日常茶飯事だし、ある程度の緊張感はあるけれど、地上勤務のときは、部下に『戦争が起きると思うか』と聞いても『起きません』というのがほとんどだった。

理屈で考えればそんなことはない。少なくとも局地戦ならいつ何が起きてもおかしくない。とくにＮＬＬは地上のように休戦協定で決めたものではありません。南北二キロずつの非武装地帯があるわけでもない。もちろん海の上に線が引かれているわけでもありません。ちょっとしたことで、直ぐに戦闘状態になり得る。

皆さんのように外国との戦争であれば仕方ない。でも我々は、どんなに勝ったとしてもその相手は同じ民族です」

ムヨルもうなずいた。

「祖国を守って南朝鮮傀儡を打倒し米帝を追い出して統一を実現する、そう思ってやってきた。しかし、実際には南の方が遥かに豊かで自由だ。それでも本気で戦争しようというならまだいいが、そんなつもりは上にはない。一般の人民の方がまだ戦争しようという気があるよ。『勝てば南のものが手に入る。負ければいまの体制が倒れる。どちらにしても今より悪くなる心配はない』とね」

白川がしばらく考え込んでから言った。

「皮肉なもんだな。何度考えても堂々巡りでそこに行き着いてしまう。独立した方が良かったのか、それとも何か別の方法があったのか……」

ジョンホもまたしばらく白川の言葉を反芻し、ためらいがちに話した。

「白川中尉、しかし、やはり、私には納得できないんです。当時の朝鮮は植民地で、上海には臨時政府もあって独立運動が行われていた。朝鮮の中で抗日運動はできなかったろうし、外国に逃げることができなかったとしても、あえて日本の軍人になって特攻まで志願する必要はあったんでしょうか。白川中尉はそんなことは全く考えなかったのですか」

「君の言うことはもっともだ。独立運動に挺身した人は、それはそれで尊敬されるべきだと思う。

しかし、何で朝鮮が日本に併合されることになったのか、それも考えなければならないんじゃないか。要は力が弱かったからだ。日本でなければロシアにやられていただろう。周りを大国に囲まれたこの状況から我々朝鮮人は抜け出ることはできない。独立するなら力がどうしても必要なんだ。

陸士の同期で韓国の大統領になった奴がいた。もちろん知ってるよな。目立たない、小柄で本当に無口な男だったが、我々朝鮮出身の生徒の集まりでは『力をつけて独立しなければ』と盛んに言っていたよ。自力で独立できたわけではないが、あいつは本当に国に力をつけてくれた。

正直なところ、日本があれだけ壊滅的な敗戦をしなければ、朝鮮は独立できなかったろう。独立は他人の力で得られた。しかし、そうやって得られたのは他人のための独立だ。だから他人の都合で分断されてしまったんじゃないか。

さっきも言ったがもし日本のままだったら、朝鮮全土が戦場になって地方人、いや民間人まで巻き込んで同族同士で殺し合いをする必要もなかった。独立するにしても力をつけて、自然にできていれば朝鮮と日本と満州で、文字通り共栄圏ができていただろう。まあどう転んでもなかなか難しいな。将棋で待ったをしてやり直して、また負けそうになりもう一度待ったをして、と繰り返すようなもんだ。しかしそれが大国の間に挟まれた我々の宿命だと思うしかない。どんなに理屈をを付けても現実は現実だ。

でも、特攻に志願したときは余り難しいことは考えてなかったな。考えていたのかも知れんが忘れてしまった」

「嘘付け。貴様出撃の前の晩散々小難しい事を言ってたぞ。こっちは大演説ぶたれてずっと聞き役で閉口してたんだからな。今更忘れたはねえだろう」

正木が白川の胸を突きながら笑って言った。


「不思議ですね」

ムヨルが語った。

「ここに来ているのはとても良い人たちばかりです。そう思えば思う程、なんで戦争なんかするのだろう、何で殺し合わなければならないのだろうと思ってしまいます。最初から娑婆でこんな風に仲良くできなかったのか……。

中村がうなずいて言った。

「そりゃあそうだ。しかしまあ、娑婆で争いを無くそうったって無理な話だろう。政治家の皆さんが一所懸命にやってくれればいくらか減らせるかもしれんが、世界中の人間が神様にでもならない限り争いは永遠に続くよ。

戦争に負けてから、懲りてしまったのか分からないが日本では「命の大切さ」とか、よく言ってるようだ。しかし命が一番大切だったら、その中でも一番大切なのは自分の命のはずだ。だったら台風や地震のときに人を助けて死んだり、おぼれている子供を救おうとして自分が死んだ人間などとんでもない大馬鹿者じゃないか。いわんや赤の他人を助ける必要なんかないはずだ。

しかし、実際には平時にだってそうやって死んでいく人間はいくらでもいる。その延線上にわれわれもいるということさ。国が危ない、女子供が襲われる、なんてことになったらここにいる誰も死ぬのが怖いなんて思わないだろ。それより知らん顔している方がよほど辛いはずだ。

散る桜　残る桜も　散る桜……。

韓君は三十九歳、崔君は三十三歳、俺なぞ二十三歳で死んだんだ。そりゃもっと生きて人生楽しめればそれに越したことはなかった。でもなあ、人間どこかで死ぬんだ。われわれの陸士の同期だってまだ元気なやつもいる。それはそれでめでたいし、自分たちの分まで長生きしてくれたんだからありがたい話だが、どっちにしたっていつかは死ぬ。いや、今日生まれた赤ん坊だって、やがては死んでいくんだ。

ここに来ている連中は皆戦って死んだ奴らばかりだ。それも自分のためではない、自分の祖国のため、他の誰かを守るためだ。素晴らしいことじゃないか。だからこそ、お互いに殺し合いをした人間同士がこうやって意気投合できるんだ。白川とジャックだって自分のために殺し合いをしていたら恨みしか残らないだろう。


争うのはできるだけ避けるべきだろうが、人間、特に男は戦うことを失ったらおしまいだ。その結果としてちょっと早く三途の川を渡るかどうかということさ。日本はあのとき気合いを入れて戦い過ぎたのか、あるいは初めて負けたもんでショックが大きかったのか、今は「不戦」だとかなんだとか言っているが、やがてまた目覚めるだろう。柳田が怒っていたわが後輩たちも、そのときになれば戦うよ。それにしてももう少し韓君や崔君を見習ってもらいたいもんだが。

まあ、俺たちの死が無駄か無駄でなかったかなんぞ、いまさら詮議しても仕方ないことだ。死に百点とか五十点とか点数をつけられるわけでもなし。しかし、俺たちも金少佐も崔大尉もジャックも、もしまた娑婆に戻って軍人になれば、国のために命をかけるだろう。そんなものじゃないか。厳さんもそうだろう」

ナムヒョクもうなずいた。

「ただまあここにいる連中とは生まれ変わったら敵味方に別れたくないな。まあジャックは飲ませればこっちについてくれるかもしれんが」

中村が茶化すとジャックは両手を広げて一瞬真顔になって言った。

「オウ、ナカムラ、失礼なこと言うなよ。俺だってＵＳ　ＮＡＶＹの一員だ。酒で国を売るわけないだろう。ただし、あんた方と一緒に戦ってこのワインが飲めるなら最高だな」

皆が笑った。風に揺れた桜の木も笑っているようだった。

祈り

声

そのときムヨルはふと声を聞いたような気がした。間違いない。あの江界で会った少女、ミギョンの声だった。

「人民軍のおじちゃん。あのときのことは忘れません。私はおじちゃんが助けてくれたおかげで何とか生きていくことができました。そして三年後に豆満江を渡って中国に逃げ、今は韓国のソウルで暮らしています。

ここに来るまで、随分色々なことがありました。今も大変だけど、元気にやっています。お母さんに会わせてくれたこと、アメをくれたこと、工場のおじちゃんに私のことを頼んでくれたこと、一生忘れません。おじちゃんがいなかったら私は江界で死んでいました」

祈っているような感じだった。

「韓国に来て、今おつきあいしている人も軍人さんです。おじちゃんのような強くて優しい人です。

このあいだ北の船と韓国の船が撃ち合いになって何人かの人が亡くなりました。彼はその船には乗っていなかったけれど、親友が大けがをしたと言っていました。彼には無事でいて欲しい。私は大切な人、お父さんもお母さんもお兄ちゃんも亡くしてしまいました。もうそんなことがあってほしくない。いつかは同じ民族で撃ち合うことがなくなるように願っています。

人民軍のおじちゃん。今どこにいますか。統一になったら必ずお礼を言いに行きます。いつまでも元気でいて下さい」

ジョンホがムヨルの肩を叩いた。白川も中村もうなずいていた。その声は皆にも聞こえていたのだった。

ふと気付くと夜が明けていた。

もう帰らなければ、と皆が腰を上げたときである。白川の目が拝殿の方に釘付けになった。皆その視線の先を追った。そこには制服姿の少女が立っていた。

近くの高校の生徒だろうか。大きなバックを持っている。運動部の早朝練習に行く途中なのかも知れない。少女は拝殿の方に向いて合掌し、深々と礼をして「おじいちゃん、皆さん。いつもありがとうございます」と言った。いやおそらく口に出してはいないだろうが、その言葉が皆には聞こえた。

そして、その先の拝殿の前に若い兵士が立っていた。二十代半ばくらい、年齢からするとこの孫はおろか子供の顔も見たか見ないかで戦死したのだろう。しかしその兵士は微笑んでいた。そして気がつくとその後ろにたくさんの兵士が立って微笑んでいた。なぜかそこにはジョンホも、ムヨルも、ジャックも、白川も、ここにいる皆の姿があった。

少女はもう一度お辞儀をして去って行った。

しばらくの沈黙が続いた。

白川が言った。「皆集まった甲斐があったな。我々の死は、きっと誰かが覚えていてくれるはずだ。もしこれから来る奴がいたらまた呼んで慰労してやろうじゃないか。崔君、金君、厳君、ジャック、皆また会おう」

風が吹いて桜吹雪が舞った。ジョンホがふと気付くともう誰もいなかった。いつしか白鳩の声が聞こえていた。

「ピルスンッ!」敬礼してジョンホも回れ右をし、帰って行った。

靖国の桜が勇士たちを見送っていた。

「靖国の宴」の背景について

西欧列強の力がアジアに迫るなか、日本は明治維新で近代化の道を歩み始めました。それはまさに徳川三百年の太平の世から激動の国際社会へと突き落とされるようなショックでした。

前を走る西欧列強はまったく異なる人種であり、日本の後に続く国々はその西欧列強に蚕食されていました。日本はひとりぼっちで激動の時代を突っ走っていかなければならなかったのです。手を引いてくれる師も、肩を並べる友もいませんでした。

しかし徳川三百年の時代は単なる天下太平だけではありませんでした。多くの人材を輩出し、様々な技術や文化が花開いていたから、試行錯誤をくり返しながらもその土台の上に近代国家を作っていくことができました。

明治二十七年（一九九四）日本は清国と戦端を開きました。外国との戦争は文禄慶長の役以来、およそ四百年ぶりのことでした。日清戦争に勝ち、ロシア・フランス・ドイツによる三国干渉でその戦果の一部を手放したものの、日本は「臥薪嘗胆」のスローガンのもと団結し、十年後のロシアとの戦いにも辛勝することができました。

日本は日清戦争で得た台湾に加えて、日露戦争でロシアの影響力を排除した朝鮮半島（当時は大韓帝国）を明治三十八年（一九〇五）保護国とし、さらに明治四十三年（一九一〇）には併合、「列強」としての地位を世界に認めさせることができた。しかしそれでも「ひとりぼっち」の状態にほとんど変わりはありませんでした。欧米白人国家の力はまだ強大で、人種差別が当然に行われ世界の大半は植民地か隷属状態にあったのです。そして白人たちだけの「列強」に入った唯一の有色人種国家への憎悪、既得権益を奪われることへの恐怖は日本をさらに孤立化させていきました。

昭和十二年（一九三七）七月七日、北京郊外の盧溝橋で起きた日本軍と中国国民党軍の衝突は戦線が拡大し、幾たびかの和平への努力も空しく収束へと至りませんでした。この状況に対し米国は対日経済制裁をもって臨み、日本は昭和十六年（一九四一）十二月八日、ハワイ真珠湾への海軍の攻撃をもって対米開戦の火ぶたを切ることになります。

当初は日本の優勢で進んだ対米戦ですが昭和十七年（一九四二）四月十八日、空母から陸軍の爆撃機で東京を襲うという破天荒な試み、いわゆる「ドーリットル空襲」で突然帝都東京が襲われたことに動転した海軍は六月のミッドウェー海戦で大敗北し、以後日米は攻守を逆にすることになりました。

昭和十九年（一九四四）七月九日、サイパンが陥落。ここで何としても米英を食い止めるとした「絶対国防圏」が崩壊し、東條英機内閣は総辞職します。本土への空襲は次第に激しさを増し、昭和二十年（一九四五）三月二十六日、硫黄島が陥落、四月には沖縄に米軍が上陸します。日本はこの劣勢を史上最大の戦艦「大和」などによる「天一号作戦」も含め特攻をもって食い止めようとしましたが戦局を変えるに至らず沖縄が六月二十三日陥落、日本は広島・長崎への原爆投下とソ連参戦の後、八月十五日の玉音放送によって矛を収めることとなりました。

九月二日、東京湾に浮かぶ米戦艦ミズーリ号の甲板で重光葵外相と梅津美治郎参謀総長が降伏文書に調印。日本は正式に敗戦国となり、以後六年七か月にわたり連合国のもとに主権を制限され、占領下におかれます。しかしこの戦争によって触発された欧米列強の植民地は次々と独立していきました。開戦の詔勅にある「東亞永遠ノ平和ヲ確立シ以テ帝國ノ光榮ヲ保全セムコトヲ期ス」という戦争目的の、少なくとも一部は実現したと言えるでしょう。

さて、日本から解放された朝鮮半島は北からソ連軍、南から米軍が入りました。日本軍の武装解除が当初の目的となっていたのですが、実際には北緯三十八度線を境とした分断となり、解放がすなわち独立と思っていた朝鮮半島の人々の期待は裏切られ、逆に冷戦の最先端に置かれてしまうことになります。

昭和二十三年（一九四八）八月十五日、南に李承晩を首班とする大韓民国政府、九月九日、北に金日成を首班とする朝鮮民主主義人民共和国政府が樹立されました。北緯三十八度線は事実上の国境でしたが、南北の政府ともにそれを認めず、どちらも半島全体の唯一合法政府を主張していました。

米ソ両軍は昭和二十四年（一九四九）撤兵しますが、ソ連は当時最新鋭の兵器と多数の軍事顧問を残しました。これに対し米国は戦車や重砲などの大きな武器を持ち帰ってしまいました。当時韓国の李承晩大統領は「北進統一」を呼号していました。実際には北進できる実力はなかったのですが、米国としてはともかく戦争に巻き込まれるのを恐れたのでしょう。

これによって南北の軍事力は完全にバランスを崩すこととなりました。加えて昭和二十五年（一九五〇）一月、米国国務長官ディーン・アチソンは年頭教書の中で朝鮮半島を米国の防衛線から外していることを明らかにします。これが「米国は韓国を救わない」という金日成の判断につながり六月二十五日、金日成の指揮の下、北朝鮮軍は突如三十八度線を越えて奇襲南侵するのです。今日まで続く朝鮮戦争はこのようにして火ぶたが切られました。

米国は急遽参戦を決め国連軍を組織します。しかし圧倒的な戦力の前に当初南側は撤退を続け開戦三日後にソウルは陥落、さらに南進を続けた北朝鮮軍は約一か月で国連軍を大邱・釜山など東南部まで押し込め、あと一押しで全土を占領するところまでいきました。当時米国は山口県に韓国の亡命政権を持ってくることまで考えたと言われています。

しかし補給が伸びきった北朝鮮軍は米軍の爆撃によってその補給線が寸断され、七月終わりから約一か月の膠着状態を挟んで次第に形勢が逆転していきました。九月十五日、国連軍総司令官マッカーサーの指揮のもと仁川上陸作戦が実施されます。成功の可能性は希薄な作戦でしたが、それが逆に北朝鮮側の虚を突くこととなり、大成功を収めました。南北が分断された北朝鮮軍は戦線が崩壊し潰走状態に陥ります。今度は国連軍が北上し三十八度線を越え、北朝鮮政府は崩壊の危機に直面します。一部の国連軍部隊は中朝国境を流れる鴨緑江岸まで到達しました。

これに対し、前年成立した共産党政権の中国は十月、同盟国北朝鮮を守るために参戦します。仁川上陸作戦の成功で自らの能力を過信したマッカーサーは直前まで中国参戦の情報を受け入れませんでした。中国人民志願軍は兵器の質の差を人海戦術による量と、司令官である彭徳懐将軍の指揮によって補い、翌昭和二十六年（一九五一）一月ソウルは再度中国軍・北朝鮮軍の手に落ちます。形勢を逆転させるため中国本土への爆撃や原爆の使用を求めたマッカーサーは、第三次世界大戦への拡大を恐れたトルーマン大統領によって四月更迭されました。

開戦からまもなく一年になろうとする五月、朝鮮戦争はほぼ膠着状態になりました。しかし休戦までにはさらに二年を要し、軍民あわせて五百万人の犠牲者を出して昭和二十八年（一九五三）七月二十七日、休戦協定が締結されました。そしてその状態は今も続いています。朝鮮戦争はあくまで休戦であって終戦には至っていないのです。

実質的な国境、休戦ラインは結局三十八度線とさほど変わらないところに引かれました。

そこから南北二キロずつの幅の地域が非武装地帯とされています。しかし休戦ラインが引かれたのは陸上だけでした。

その代わり制海権を掌握していた国連軍は休戦直後に北方限界線（通称ＮＬＬ）を設定し、ＮＬＬの北側にあった島は放棄して島民や軍人を退去させています。ＮＬＬ設定によって逆に沿岸の安全を保障された北朝鮮側は一九六〇年代までは概ね北方限界線を守ってきたのですが、一九七三年にこれを否定しはじめ、一九九九年、ＮＬＬより遥かに南に「海上警備界線」を設定してＮＬＬを度々侵犯、挑発を行うようになりました。

陸上は南北合わせて四キロ幅の非武装地帯があり、そこに持ち込める武器は限られているため衝突は起きにくいのですがＮＬＬは海上に線が引かれているわけではなく、非武装地帯もありません。そして何より北朝鮮はＮＬＬを認めていないのですから、北朝鮮側の船がこれを越えれば常に戦闘が起こり得る状況になります。実際に今日まで何度か南北海軍の艦艇が交戦をしており、平成二十二年（二〇一〇）には韓国海軍の哨戒艦「天安」が北朝鮮潜水艦の魚雷によって撃沈され、四十六名が戦死しています。

ところで朝鮮戦争開戦のとき、日本は連合国の占領下にあり、従って主体的な意味では朝鮮戦争にはほとんど関わっていません。当初毛沢東などは「日本軍」が再度攻めてくることを恐れていたようですが、米国の命令によって極秘裏に派遣された掃海艇部隊を除けば日本の役割は兵站基地に限定されていました。しかし、その兵站基地としての役割はいわゆる「朝鮮特需」となり戦争によって疲弊した経済は一気に回復に向かいます

そしてもう一つ、朝鮮戦争は日本にとって大きな変化をもたらしました。警察予備隊、後の自衛隊の設置と主権回復、そして日米安保体制です。日本を無力化することを目的とした占領政策は、戦前を全て否定し、連合国、とりわけ米国の行ったこと全てを肯定するものでした。その極めつけが事実上占領軍によって作られた憲法であり、「平和を愛する諸国民の公正と信義に信頼して、われらの安全と生存を保持しようと決意した」という前文、第九条の「陸海空軍その他の戦力は、これを保持しない。国の交戦権は、これを認めない」という文言などです。米国は日本が再度戦うことを徹底して防ごうとしました。改正にも衆参両院で三分の二以上の議員の賛成と国民投票での過半数の賛成という、極めて高いハードルを作り両手両足を縛ったのでした。

逆に言えば、どうせやがてはそれらの軛《くびき》を皆振り払うだろうから、少しでもその時期を先にしておこうと思ったのかも知れません。結果的に日本は七十年間それを守り、あるときは逆に利用してきたわけですが。

さて、日本の敗戦後まもなく、今度は冷戦が次第に深刻化していきました。これによって日本という共通の敵を失った連合国、特に米ソの亀裂は次第に大きくなります。占領政策も当初極めて左翼的で、日本の弱体化に重点を置いた民政局から、日本を同盟国（「忠実な」という前置きつきではありますが）にしようとするG２へと中心が移り、その流れが後押しして日本は昭和二十七年（一九五二）四月二十九日、六年八か月ぶりに主権を回復します。

主権が失われていたときに占領軍の命令でできた自衛隊は、極めていびつな組織でした。「警察予備隊」という名前自体がその象徴とも言えます。軍隊を解体した占領国が、自分の都合で作らせたのですから当然です。米国からすれば元に戻ってしまわないように考えたのでしょう。

警察予備隊は朝鮮戦争勃発から二か月後にでき、その二年後に海上が入って保安隊、さらに二年後に航空が加わって現在の自衛隊という名称になりました。しかし戦力は持たない、外国任せで安全と生存を保持するという憲法と軍隊がもともとかみ合うはずもなく、駆逐艦を護衛艦と呼び替えたり、戦闘服を作業服と言い換えたりして憲法との齟齬をごまかし続けてきたのです。

それでも最初のうちは「普通の国の軍隊」だった旧軍の出身者がいましたから、「戦争に負けたから護衛艦と言っているが、本当は駆逐艦だ」とか「戦闘という言葉を使えないから作業服と言っているが、本当は戦闘服だ」と頭の中で翻訳することができました。その次の世代も戦争体験はありますから、ある程度それに準じた発想はできたと思います。

しかし、旧軍から来た世代は昭和五十年代前半でほぼいなくなります。やがて「護衛艦は護衛艦だ」「作業服は作業服だ」というのが常識になっていきました。

平成二十七年（二〇一五）大きな問題になった安保法制の議論でも、政府は「戦争にならない」「戦わない」と言い続けました。

今、日本では「防衛」とは言っても「国防」とはあまり言いません。「防衛」の基本方針は「専守防衛」であり、水際で守るということになっています。「米軍が矛《ほこ》、自衛隊が盾」とも言っていますが、これこそ「矛盾」の最たるものです。普通の二国間関係なら日本が米国を守らないのに米国が日本を守るはずはありません。逆に言えば現在の日米関係は対等な関係ではないということです。

「日米安保体制」はいつの間にか「日米同盟」と名前を変えました。「平和を愛する諸国民の公正と信義に信頼して、われらの安全と生存を保持しようと決意した」のなら、自衛隊はもちろん在日米軍の抑止力もあってはならないはずです。しかしそれを疑問に思っている国民は軍人(自衛官)も含めて僅かです。さらに、在日米軍は米国の都合で日本に居座ったというより、出ていこうとするのを日本が引き留めたという側面すらあるのです。だから米国にとっての安全保障問題は日本の安全保障問題であっても、日本独自の安全保障問題は存在しないことになっており、その最たるものといえる拉致問題は、救出どころか隠蔽されてきたのです。

それにしても、世界中の大国を相手にして闘った日本がなぜこのようになってしまったのでしょう。

この欄の最初で書いたように前にも後にも友達のいない中、近代からの約八十年、日本は孤独なマラソンを走り続けました。そして戦争に負けたとき、「これでやっと休むことができる」と思ったのではないでしょうか。谷村新司の「チャンピオン」の歌詞「帰れるんだ　これでただの男に」はチャンピオンが若い挑戦者に敗れていく歌です。国家として日本はそれを経験したように思います。

さらに、これも何の証明もできないのですが、国を一人の人間に例えれば自分が悪いことをして正義の味方にやられた、そう思うことにしたとも言えるでしょう。

もともと昭和に入ってから第二次世界大戦に至る流れは、少なくともどちらが全て正しく、もう一方が全て間違っていたなどということはなかったはずです。流れから言えば日本は中国大陸からの撤兵（満州は別として）をソ連を中心とした共産主義勢力によって妨害されました。日本政府及び国民党政権それぞれへの工作活動は結果的に日本軍と国民党軍を戦わせ続け、中国共産党に漁夫の利を得させることとなったのです。

対米戦も真珠湾攻撃という、海軍独自の、しかも、元々の海軍の方針とすら全く異なる作戦によって始まりました。そこに至るまで、米国は経済的に日本を締め上げて開戦せざるを得ない方向へと追いやっています。鶏が先か、卵が先かという議論は今も続いていますが、少なくとも日本が無辜の米国に戦争をしかけたということでないのは明らかです。

さらに事実上民間人を対象とした無差別爆撃や原爆投下、そして占領下の憲法制定の強要など、米国はことごとく国際法を無視したのですから、本来ならそれについては「戦争責任」を問わなければなりませんでした。しかし現実にはそんなことができるはずはありません。占領軍は絶対であり、東京裁判でパール判事など日本を弁護してくれた人たちはいましたが、日本はどんなに理不尽でも判決を受け入れるしかありませんでした。まさにそれこそが戦後体制でありました。

もし、自分たちにも理があるならそれをどこかで主張しなければならない。場合によっては復讐しなければならない。それは物理的に極めて困難だったが、できないと認めるのも辛い。ならば占領軍の言っていることが正しかったのだとすることが一番楽でした。国民は軍や一部の政治家に騙されていた、また海軍は平和を志向していたが好戦的な陸軍がやめようとしなかったとか、悪かった人間を極限することによって精神的な負担は間違いなく軽減されました。ドイツが戦後「悪かったのは全てナチスのしたこと」としたのとある意味対を成すのかもしれません。

また、冷戦の時代、自由主義と共産主義でどちらを選択すべきだったかと言えば、かりに自由に選択できたとしても前者の方がベターであったことは間違いありません。強制された位置がすなわちよりましな選択だったことが、逆に日本が戦後の呪縛から逃れられなくなることにもつながりました。


もう少しお付き合い下さい。朝鮮戦争休戦後の朝鮮半島はどうなっていったかという話をしておかなければなりません。

昭和二十八年（一九五三）七月二十七日の休戦以後も、今日に至るまで朝鮮半島では分断が続いています。北は金日成が、南は李承晩が首班で朝鮮戦争を戦ったわけですが、金日成は朝鮮戦争の最中から政敵に対する粛清を始めました。まずは解放当時朝鮮半島にいた共産主義者中心の南労党系、一九五〇年代半ばからは反旗を翻しかけたソ連派、延安派、さらに一九六〇年代後半にはもともと金日成と同じグループだったパルチザンの甲山派と、順次粛清していきます。

これでほぼ自分に刃向かう勢力を除去した金日成にとって、次の問題は後継者でした。そこで出てくるのが息子金正日です。当時、実母金正淑はすでに他界し、継母金聖愛が父の妻となっていました。金聖愛はファーストレディーとして権勢を振るっていたのですが、金正日はパルチザンの元老たちとともに金聖愛を追い落とし後継者の地位を手に入れます。その後、金正日は金日成の個人神格化を進めながら、一方で金日成の権力を少しずつそぎ落とし、金日成に上げる情報も必ず自分を通すようにしてきました。

しかしその頃から北朝鮮の経済、そして国際的地位は下り坂を転げ落ち始めます。ソウルオリンピックを妨害しようと行った昭和六十二年（一九八七）十一月の大韓航空機爆破事件は犯人の一人金賢姫が逮捕されて自白したため、結果的に北朝鮮に「テロ国家」の烙印を押すことになりました。

そのような矛盾も原因になっているのでしょう。一九九〇年代に入ると金日成・金正日の親子関係は次第に険悪になっていき、平成六年（一九九四）金日成は急死します。後を継いだ金正日も平成二十年（二〇〇八）八月に脳血管障害で倒れ、三年後に死亡。現在はその三男金正恩が指導者になっています。

一方、韓国は李承晩政権が不正選挙をきっかけに昭和三十五年（一九六〇）倒れます。引き継いだ民主党政権は内部の争いで混乱を極めたため、翌年朴正熙少将らがクーデターを起こして権力の座を奪われることになります。朴正熙はクーデターから二年後の昭和三十八年（一九六三）民政移管をして大統領選挙に出馬して当選。以来昭和五十四年（一九七九）側近に暗殺されるまで長期政権を続けました。国内の大反対を押し切った日韓国交正常化は朴正熙の強力なリーダーシップで成し遂げられました。そして韓国は朴正熙政権の時代に急速な経済成長を遂げ、中進国へと躍り出たのです。

朴正熙暗殺後、ピンチヒッターとも言える崔圭夏政権を経て、今度は軍内のクーデターで権力を掌握した全斗煥が大統領となり、陸軍士官学校同期生の後継者盧泰愚とあわせて十三年間、元軍人の大統領が続きました。

平成五年（一九九三）、長く野党政治家として権力と闘ってきた金泳三が与党から大統領に就任、その次にはかつて同じ野党にいた金大中が野党候補として初めて大統領選挙で勝利、後継者である盧武鉉とあわせて十年間の左派政権が続きました。しかしここでまた政権交代が起き、元の与党から出た李明博が当選、五年後には朴槿恵政権へと引き継がれています。

南北はこのようにして、法的には相手側の政権を認めないままに、実際は二つの国が存在する状態でもう七十年近くの時が経ってしまいました。朝鮮戦争は終わっておらず、周辺四大国も状況の大きな変化を望んでいないという現状が続く限り、またジョンホやムヨルのような戦死者が出るでしょう。

一方朝鮮戦争の開戦当時占領下だった日本は、ある意味「不戦勝」とも言える戦争特需によって復興を果たしました。そして冷戦の中で米国に従っていれば良かった状態が長く続きましたが、日清日露の戦いがそうであったように、いざ朝鮮半島に大きな変化が起きたとき、次は関わらないわけにいきません。もちろん変化は朝鮮半島以外のところでも起こりえます。あるいは大きな変化が起きなくても、国民が拉致されていて、他に取り返す方法がないという現実の前で、政府も、国会も、マスコミも、国民もそして軍（自衛隊）もごまかし、目を逸らし続けてきた「戦う」ということについて遠からず正面から向き合わざるを得なくなるはずです。そして、そのときこそ私たちは「呪縛」から解放されるのではないでしょうか。

あとがき

今まで小説など書いたことのなかった私が、こんな本を書こうと思ったのは平成で言えば十四年六月、北朝鮮の警備艇がＮＬＬ（北方限界線）を越え、押し返そうとした韓国の高速艇に発砲し撃沈した事件、通称「第二延坪海戦」に関心を持ってからです。

韓国の平和ボケは日本以上とも言えますが、そんな中でも戦って死んでいく若者が今もいる。一方私たちは戦っていない。偉そうなことを言って靖国にファッションで参拝する私たちよりも、例え彼らの中に日本が嫌いな人間がいたとしても、靖国の英霊は彼らの方に親近感を感じるのではないかと勝手に思って色々考えているうちにこの作品ができた次第です。

いうまでもなくこの小説に登場するのはすべて架空の人物です。事件も現実に起きた事件をモデルにはしてありますがその通りのものはありません。特攻隊の名称も、南北海軍の艦名も架空のものです（実は韓国も北朝鮮もこのクラスの艦艇に固有名はなく、番号でのみ呼ばれています）。

しかしそれは逆に、本書をお読みの皆さんがそれぞれ正木大尉であり白川中尉であり崔ジョンホ大尉であり韓ムヨル少佐であるということでもあります。歴史は断絶していない。戦いも常に続く。命は大切だけれども、その命を捨てざるを得ないときもときにはやってくる。そして生き残った者は公のために死んでいった人たちがいたことを忘れてはいけない。私自身が書きながらそれを感じてきました。

この絵は陸軍士官学校五十七期の父が書いた靖国神社の神池です。五十七期は昭和十九年卒業時の二千四百人のうち三分の一が終戦までに戦死しています。自分がもしそのとき生きていたらどう考えたのか、経験がないものとしては想像でしか語れませんが、その人たちへの敬意は一生持ち続けたいと思っています。

最後に本書の出版をご快諾いただいた高木書房の斎藤信二社長に御礼の言葉を申し上げます。

平成二十八年八月

荒木和博

著者略歴

荒木和博　あらきかずひろ

特定失踪者問題調査会代表・予備役ブルーリボンの会代表・拓殖大学海外事情研究所教授・国家基本問題研究所副評議員長。昭和31年（1956）東京生まれ。慶應義塾大学法学部政治学科卒。民社党本部書記局勤務の後現代コリア研究所研究部長を経て拓殖大学海外事情研究所専任講師。以後助教授を経て平成16年（2004）から教授。平成15年（2003）予備自衛官補（技能公募・朝鮮語）を経て予備2等陸曹任官（現在陸曹長）。著書に『日本が拉致問題を解決できない本当の理由』『山本美保さん失踪事件の謎を追う』『北朝鮮拉致と「特定失踪者」』他。

靖国の宴《うたげ》

戦って散った男たちのおとぎ話

平成28（2016）年8月15日　第1刷発行

著　者　荒木和博

発行者　斎藤信二

発行所　株式会社　高木書房

〒114-0012

東京都北区田端新町1-21-1-402

電　話　03-5855-1280

ＦＡＸ　03-5855-1281

メール　syoboutakagi@dolphin.ocn.ne.jp

印刷・製本　株式会社ワコープラネット

Ⓒ Kazuhiro Araki 2016 Printed in Japan

ISBN978-4-88471-444-4 C0031

※乱丁・落丁は、送料小社負担にてお取替えいたします。

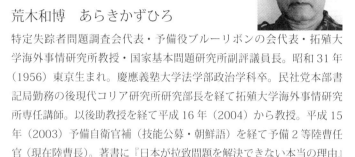

西村　正

司馬さんに嫌われた乃木・伊地知両将軍の無念を晴らす

『坂の上の雲』で描かれた旅順要塞攻略は真実なのだろうか。疑問を抱いた著者は真相追求の旅に出た。現場に立ち、資料を丁寧に調べ、第三軍の動きを追って真実がわかった。

四六判ソフトカバー　定価：本体一六〇〇円＋税

諸橋茂一

日本が世界の植民地を解放した

間違った歴史認識を正すべく村山富一、河野洋平の両氏を訴えた著者。歴史の真実を詳しく述べながら、南京大虐殺、慰安婦問題等の嘘を暴き、日本人が誇りを取り戻す処方箋を提言。

四六判ソフトカバー　定価：本体一六〇〇円＋税

菅　孝之

知恵なくば、国起たず！誇りなくば、国護れず！

日本国民は、ＧＨＱの洗脳から目を覚まし国民意識を持たなければならない。本書は日本人の知恵、日本の誇りある歴史を教えてくれ、日本人としての国民意識を芽生えさせてくれる。

四六判ソフトカバー　定価：本体一六〇〇円＋税

服部　剛

教室の感動を実況中継！先生、日本ってすごいね

公立中学校の先生が道徳の時間に行った18の授業内容をそのまま掲載。実際に生きた人々の話だけに、日本人の生き方が直に伝わる。「思わず涙。人に薦めています」の感想が届く。

四六判ソフトカバー　定価：本体一四〇〇円＋税

野田将晴（勇志国際高校校長）

高校生のための道徳 この世にダメな人間なんて一人もいない!!

通信制・勇志国際高校の道徳授業。強烈に生徒の心に響く肯定感。生き方を知った生徒達は生まれ変わる。道徳とは、青春とは何か。志ある人間、立派な日本人としての道を説く。

四六判ソフトカバー　定価：本体一〇〇〇円＋税

高木書房